LE

RETOUR

E-mail : editions.duhibou@free.fr

Georges-François HACHEREZ

Le retour

Éditions du Hibou

CHAPITRE I

- Allô, la Terre ! Allô la Terre ! Ici l'expédition Europa de retour de Mission, j'entre dans la zone de fréquence radio. Je suis à une année lumière de la Terre... A vous, répondez...

Alex lâcha l'interrupteur de son micro qui, automatiquement, s'enclencha dans l'appareil. Il tourna le volumètre, tendit l'oreille à l'affût du moindre son. Le grésillement continuait. Il actionna alors le chercheur d'ondes autonome, capable de localiser le son émis par une étincelle à plusieurs années-lumière de distance. Les chiffres défilaient, parfois un parasite interrompait le crépitement. Immédiatement l'I.B.M. immobilisait ses chiffres pour en allumer d'autres qui analysaient le nouveau son en fréquence plus fine. En vain les chiffres reprenaient alors leurs courses folles. Le vaisseau s'approchant de la terre, Alex aurait dû entendre les radios nationales. Il s'attendait à recevoir la B.B.C. qui avait les émetteurs les plus puissants au moment de son départ. Il s'arrêta sur plusieurs stations pour les identifier. Les sons étaient incompréhensibles pourtant il parlait neuf langues.

- Allô la Terre ! ... La NASA ! Répondez-moi. La NASA !...

Ni la NASA, dont il connaissait la fréquence radio exacte, ni les ondes russes ne lui répondaient. Il se rappela qu'en France, deux nouvelles stations de lancement spatial avaient été inaugurées avant son envol, l'une à Savigny-le-Temple sur l'emplacement prévu pour recevoir le Grand Stade pour la Coupe Mondiale de football, l'autre à Bécon-les-Bruyères, aux portes de Paris. Il consulta verbalement son ordinateur de bord, qui lui afficha immédiatement les coordonnées demandées. Il était français après tout, dans une fusée américaine, mais française quand même.

- Allô la Station de Savigny, ici Alex Gabet, spationaute français à bord de Wanderer IV de retour de Saturne, Mission Europa !... Allô !... M'entendez-vous ?

Il tripota quelques boutons, releva deux manettes d'un revers d'index.

- Allô Bécon-les-Bruyères ! Ici Alex Gabet !...

Toujours le silence, l'onduleur numérique avait trouvé d'autres stations de radios émettrices dans des langages toujours aussi inconnus. Ses instruments de bord lui annonçaient un rapprochement de la terre. Il allait d'ici une heure à une heure et demie, entrer dans l'attraction de la terre. L'idée que ses radios de bord n'étaient plus fiables ou endommagées, lui vint à l'esprit. Ou bien, les savants avaient peut-être trouvé d'autres moyens phonétiques de communications depuis son départ et les transmissions par ondes hertziennes ou lasers avaient été abandonnées au profit d'autres techniques, voire télépathiques...

Cela faisait quand même un certain temps qu'il était dans l'espace. Mais combien de temps ? L'idée ne lui était jamais venue de compter. Il se déplaça vers l'ordinateur scientifique, colla à la base de son cou les pastilles microphones de l'appareil :

- Depuis combien de temps sommes-nous dans l'espace ?

- Quarante-trois ans, 7 mois, 15 heures, vingt-sept secondes, répondit un vocalisateur.

Alex réfléchit.

- Maintenant quarante-trois ans, 7 mois, 15 heures, vingt-huit secondes, continuait l'appareil.

Ce n'était pas possible, 43 années terrestres dans un véhicule spatial. Cette vieille casserole déraillait.

- Maintenant quarante-trois ans, 7 mois...

- Stop, hurla Alex, cela suffit déconard.

- Déconard, mot inconnu dans mes fichiers, faut-il le rajouter ? Si oui, en donner la définition et les synonymes...

- Dis-moi plutôt l'âge que j'avais lorsque je suis monté à bord et l'âge que j'ai maintenant ?

- Je suis un modèle Hewlett Packard Bestri 87 muni d'un système d'exploitation unilatéral, je ne peux que traiter un seul sujet à la fois. Quelle est la définition de déconard...
- Abandonner déconard, répondre pour l'âge.
- Arrivé à bord à 10 ans, actuellement vous avez 53 ans 11 mois et 15 jours... heure, minutes, secondes non enregistrées.

Il était grand temps que la mission se terminât. Le tas de ferraille électronisé avait sans doute raison

Sélectionné parmi plus de trois mille enfants ayant un coefficient intellectuel supérieur de 10% de la moyenne de son âge, Alex monta à bord de Wanderer IV à 10 ans. Une sélection identique avait retenu une fille. La mission Europa avait pour objet d'aller jusqu'à Saturne, la planète la plus éloignée du soleil, mettre le vaisseau en orbite et tenter un saturnage soit par une navette pilotée humainement, soit automatiquement à partir de la fusée. Compte tenu de la distance, les ingénieurs et astronomes avaient compté une cinquantaine d'années de trajet aller et retour. Ils s'étaient simplement trompés de 7 ans. L'équipage sélectionné très jeune, entre 20 et 32 ans, appelait leur commandant "le vieux" à cause de ses 37. Sa composante était des plus diverses, médecins, informaticiens, astrophysiciens, chimistes, géologues, même un philologue au cas de rencontres avec des êtres parlants. Le Conseil Supérieur des Etats d'Europe finançait le projet américain. Il avait obligé la Nasa à ajouter à l'équipage deux enfants de 10 ans qui augmenteraient les chances de ramener vers la terre le vaisseau et sa précieuse cargaison de données scientifiques. Ces enfants, super doués, devaient être capables d'apprendre au contact des membres de l'équipage, tout ce qui concernait le fonctionnement de la mission. Ils avaient cinquante ans pour cela. Les Vieux Sages Européens avaient eu raison, Alex était le dernier membre de l'équipage. Quarante-trois morts, un survivant. Pas pour longtemps, peut-être.

- Allô la Terre ! La NASA ! Savigny ! Bécon !

Sur un écran, l'ordinateur de contrôle mécanique afficha son diagnostic. Sur les quatorze moteurs embarqués, les sept usés, avaient été éjectés dans l'espace. Quatre fonctionnaient en permanence, il en restait trois à l'état neuf, de quoi effectuer largement un atterrissage sans problème. Les rétrofusées, malgré leurs 43 ans d'inaction dans l'espace, avaient répondu favorablement aux essais de l'ordinateur de contrôle. Aucun ordinateur sur une flotte de trente-deux, n'était tombé en panne, une réussite incontestable pour I.B.M. et H.P. Si le matériel humain avait pu faire de même... Il manquait quelques panneaux sur le fuselage, l'ordinateur prévoyait une augmentation de température de 5°C en entrant dans l'atmosphère, puis une progression d'un degré par quart d'heure jusqu'à l'atterrissage. Attention aux circuits !

Secoué comme un vulgaire panier à salade, le vaisseau venait d'entrer trop à la verticale dans l'atmosphère. Alex regagna tant bien que mal son fauteuil de pilote, déclencha la sortie des boucliers thermiques. Que faisaient les centres de contrôles ? Cela aurait dû être à eux d'incliner la fusée dans le bon angle pour qu'elle se mette en orbite. L'assistance pilotage interrogea Alex faute de recevoir des instructions de l'extérieur.

- Description d'orbites hélicoïdales par rapport aux grandes villes, arcs ellipsoïdales, degré d'inclinaison, nombre de révolutions terrestres envisagées, point d'atterrissage.

La situation semblait tourner à l'incident. Alex avait répété cette manœuvre des centaines de fois. Hormis la chaleur qui augmentait dangereusement, le vaisseau s'était stabilisé. Il commençait à tourner autour de cette vieille planète. Il choisit le site de Savigny-le-Temple pour l'atterrissage. Il ne s'inquiétait pas trop. Il se doutait que s'il n'avait pu entrer en communication avec les stations spatiales, celles-ci avec leurs télescopes à laser l'avaient certainement déjà repéré depuis plusieurs mois. Une foule devait déjà s'affairer pour le recevoir comme un président de la République, tapis rouges, champagnes, annuaires téléphoniques découpés en lamelles pour lui jeter dessus de tous les balcons en drapeautés. Rappelez-vous les premiers astronautes américains dans les rues de New-York à côté de Kennedy, sans parler des médailles et du grade, peut-être de général. Encore quatre heures de route et il arbora deux belles étoiles métalliques. Il ne connaissait pas exactement cette notion de général. Qu'est-ce que c'est qu'un général ? Ses coéquipiers lui avaient parlé de ses grands militaires, les éducatels aussi.

Cette future bête à concours s'était embarquée avec ses dix ans d'expérience de la terre. A cet âge, même avec un Q.I. exceptionnel, on est loin d'être une encyclopédie comme on peut l'être à soixante ans. A 53 ans, il ne lui restait que des souvenirs d'enfance, surtout de grandes villes, d'amas de béton et de flippers multicolores. Il ne se rappelait plus s'il avait vu une seule fois la mer, cette étendue d'eau qu'il voyait très bien de son hublot. Il se remémora son école primaire, ses instituteurs et ses camarades de classe. Ses parents ! Il se souvenait de ses parents qui l'avaient aimé, choyé peut-être un peu trop. Son père, cet homme serein, parcourait la campagne avec lui, lui apprenant la nature, les oiseaux, les champignons. Sa mère, une petite bonne femme nerveuse, l'amenait tous les matins à l'école et lui faisait faire ses devoirs après le goûter. Le reste de ses connaissances il les avait acquises dans le vaisseau devant des écrans et des mécanismes savants qui le lui avaient appris. Que connaissait-il réellement de la terre et de cette évolution informatique que les futurologues de l'époque qualifiaient de fulgurante ? L'acier et le mortier avaient-ils mangé la campagne, la verdure et les arbres ? Les tours, les engins volants et les aéroroutes assombrissaient-ils le ciel ? Que mangeait l'homme actuellement sur terre ?

Lui s'était nourri dans les 15 premières années de son voyage, de viandes, de légumes et de fruits déshydratés. Les stocks presque épuisés, ses coéquipiers et lui-même avaient habitué leur corps progressivement à se nourrir par injection veineuse, comme prévu dans les plans de la Nasa. Avant leur départ, chacun avait subi une petite intervention chirurgicale. Deux valves greffées, l'une sur la veine carotide, l'autre au poignet, leur permettaient de se nourrir. Il leur suffisait de se seringuer une dose de vitamines et de divers sels minéraux toutes les vingt-quatre heures. Cette mutation ne s'était pas faite sans quelques pertes. Le commandant, sans doute trop vieux, n'avait pas résisté. L'absence d'aliment avait atrophié l'appareil digestif dont certains organes générateurs d'hormones et d'anticorps. Leurs cheveux et le système pileux avaient complètement disparu, même chez les femmes. Les muscles travaillant autrement en apesanteur, avaient diminué de volume et s'étaient développés tout en longueur. Par contre, pour des raisons inconnues des médecins de bord, les poumons s'étaient dilatés au point de toucher la cage thoracique, ce qui produisait quelques gênes respiratoires lors d'efforts. Un premier constat de ce développement anormal avait été observé lorsque les machines se mirent à fabriquer de l'oxygène synthétique. En fait il s'agissait simplement d'un dispositif mis en place à l'épuisement des bouteilles embarquées qui recyclait l'atmosphère du vaisseau. Cet oxygène artificiel, peut-être trop riche, eut pour conséquence le développement du cerveau et des os de la boîte crânienne. En 43 ans d'espace, l'aspect physique d'Alex ne s'était que très peu modifié, du moins le pensait-il. Il était loin de ressembler à ces êtres intergalactiques de bandes dessinées des années soixante.

Une sirène retentit dans le poste de commandement, une ampoule verte clignota. L'ordinateur de bord avait décidé de ralentir la fusée pour la retourner. Tout danger de consumation en entrant dans l'atmosphère terrestre étant passé, il attendit la confirmation d'Alex. Son cœur battait, ses poumons lui faisaient mal. Il chercha à se calmer. C'était l'émotion, un sentiment qu'il ressentait pour la première fois. Il était à quelques milles au-dessus de la base de Savigny-le-Temple. Il déclencha le compte à rebours. Les quatre tuyères secouèrent la fusée qui lentement se retournait. Elle avait été programmée pour atterrir en position verticale, l'ogive vers le haut. Alex se ceintura sur son siège, ses derniers instants de cosmonautes étaient à la merci d'une mécanique qui lui avait conservé la vie 43 ans. Il se sentit partir en arrière, sensation désagréable. Il regardait ses pieds qu'il avait oubliés d'attacher et dont les genoux tombaient sur son visage. Il écarta les jambes pour pouvoir suivre son atterrissage sur les instruments de bord. Drôle de position pour un homme qui allait être reçu sur terre comme un chef d'état. Il taira cette anecdote aux journalistes qui l'intervieweront lors de sa conférence de presse. Encore deux milles, encore un...

Soudain, alarme générale, une des quatre tuyères venait de s'arrêter à moins d'un kilomètre de son aire d'atterrissage. Les trois autres continuant leur propulsion, désaxèrent la fusée. La sentant s'incliner, Alex coupa immédiatement les moteurs et déclencha l'ouverture des parachutes. L'ogive explosa et quatre parachutes de plusieurs tonnes s'ouvrirent. Il pensait qu'il pourrait quand même se poser à la verticale. Un premier choc secoua l'appareil ; puis un second indiqua que l'appareil ne s'était pas posé sur ses quatre pieds en même temps.

Le grand tube cylindrique tourna sur lui-même, dansa d'un pied sur l'autre. Les quatre parachutes poussés par un vent violent, tombèrent tous du même côté au moment où l'engin recherchait sa stabilité. La vieille demoiselle, lentement, se pencha, comme pour saluer une dernière fois et s'étala de tout son long dans une tempête de poussière.

CHAPITRE II

Indemne, Alex, la tête en bas, cherchait à se dégager de son siège dont la ceinture l'immobilisait. Ici, plus d'apesanteur, un kilo valait mille grammes. C'était son propre poids qui bloquait le verrouillage de la lanière. Les secours seront bientôt là, ils avaient peut-être déjà défoncé le sas. L'atmosphère devenait irrespirable, étouffante : plus de climatisation, plus de distribution d'oxygène. Sa tête devenait lourde, jamais dans l'espace un tel malaise ne s'était produit, pourtant il restait des heures la tête en bas. La pesanteur terrestre y était pour quelque chose, mais aussi certainement la composition chimique de son sang qui s'était modifiée avec l'oxygène de synthèse et son alimentation. Ses tempes cognaient de plus en plus forts.

Il ouvrit en toute hâte son scaphandre, dégagea ses épaules et tenta de se couler à l'extérieur. Il était nu à l'intérieur. Des sondes et des palpeurs le reliaient à sa carapace et empêchaient son extraction. Il arracha facilement les petits bouts métalliques collés sur sa peau qui absorbaient sa transpiration. Le drain permanent qui lui extrayait l'urine, fut plus douloureux à retirer. A force de petits coups de reins et de secousses des genoux et des pieds, il coulait hors de sa chrysalide. La partie la plus volumineuse sortie, il glissa soudainement sans pouvoir se rattraper. La cabine de pilotage était vaste et la chute impressionnante. Il se retrouva sur les armoires métalliques des données scientifiques. Il s'en sortit avec quelques bleus et des balafres au visage.

Il dut entreprendre d'escalader un monticule d'objets en tout genre pour atteindre la porte du poste de commandement arrachée par miracle. Ses muscles lui faisaient mal, il se traînait dans les couloirs.

Le générateur d'électricité ne fonctionnait plus et les batteries faisaient des signes de faiblesse. Il connaissait bien le vaisseau depuis le temps, il devait approcher du sas à déchets.

Cette petite pièce à deux portes ouvrant sur le vide du cosmos, avait servi tant à expulser les ordures que les cadavres de ses compagnons. Il savait que découpler du système général, cet issu pouvait être manœuvré manuellement en deux temps. Il brisa un petit coffret, en arracha les fils. Il grimpa dans le sas, monta sur un mur devenu le sol, et essaya d'en refermer la porte. Toujours à cause de la pesanteur et de ses muscles affaiblis, il dépensait des tonnes d'énergie pour quelques centimètres coulissés. La seconde porte ne pouvait s'ouvrir tant que la première eût été verrouillée pneumatiquement. Le compresseur à énergie solaire ne semblait pas touché, encore pourra-t-il tourner à l'envers ? La serrure s'enclencha, le voyant rouge s'alluma, preuve que le contact avait été mis. Une sirène hurla, ce qui consomma le reste d'électricité accumulée dans les batteries. La lumière s'éteignit. Alex se remémora la pièce mais vue de côté. A tâtons, il grimpa sur une paroi, aidé des poutrelles de renforcement. Il trouva un tuyau qu'il reconnut pour être celui de l'air comprimé, le suivit. Le champignon s'enfonça d'un vigoureux coup de paume. Toujours le silence, rien ne se produisit.

Après quelques secondes interminables, un moteur démarra lentement, puis s'accéléra. Rapidement une odeur de circuit qui chauffe, se répandit. Alex toussa. Il s'asphyxierait si la porte ne s'ouvrait pas. Il frappa la carlingue, hurla, pensant aux sauveteurs qui devaient s'affairer dehors. Il posa son oreille sur le métal à la recherche d'un écho, d'un son. Rien, sinon le vacarme du compresseur qui peinait. Il fit quelques dératés comme s'il allait s'arrêter. Il repartit avec plus de vigueur. Les poumons lui brûlaient.

Un trait de lumière apparut. La porte avait dû être plus ou moins faussée, le moteur dérapa, la lumière du jour s'élargit, mais insuffisamment pour le laisser sortir. La machine s'arrêta nette, grésilla, puis reprit de la force. Alex s'approcha de la fente pour respirer et poussa aussi la lourde porte. Les galets roulaient millimètres après millimètres. Une déflagration se fit entendre, puis de nouveau le silence. Le compresseur venait d'exploser.

Il se coula dehors, le soleil l'aveuglait. Le métal le brûlait. En aveugle, il rampa sur le fuselage et se laissa glisser. Il tomba dans le sable, un sable presque aussi bouillant que la carlingue.

Il se réfugia dans un endroit qui semblait moins brûlant que les autres, peut-être une ombre. Il tenta plusieurs fois d'ouvrir les yeux, même contre le sol. Nu, les rayons du soleil meurtrissaient sa peau, il sentait la carlingue irradiante à quelques centimètres de son épiderme.

Soudain, un vent se leva, entraînant des rafales de sable qui attaquèrent sa peau, puis de l'eau tomba, des tonnes d'eau. Le temps était devenu gris et la ferraille brûlante émettait de la vapeur aux contacts de la pluie. Alex s'écarta de quelques mètres. Les rayons du soleil disparus, il voyait maintenant très faiblement. La pluie s'arrêta aussi brusquement qu'elle était venue. Il était dans un désert, un désert de plus en plus immense au fur et à mesure que sa vision s'améliorait. Quelques pans de mur encore debout démontraient les traces d'une civilisation, peut-être la sienne. Plus la moindre trace d'eau, le sable avait déjà tout absorbé. Nul être humain. Il contourna l'épave et découvrit une piste ensablée, puis d'autres pans de mur, ce qui avait été une tour, des hangars, des paraboles de transmissions satellites. Tout ressemblait bien à une base de lancement de fusées. Seulement toutes traces de métal avaient disparu, comme arrachées aux ciments par une grue fantastique. Des marques de rouille subsistaient. Que s'était-il passé durant ses quarante- trois ans dans l'espace ? Un cataclysme, un gigantesque cataclysme ? Une attaque extraterrestre ? Et lui, tout nu dans un Sahara...

Il remarqua un point, un minuscule point qui grossissait à mesure qu'il avançait. Des secours ! Enfin, on l'avait repéré. L'engin se déplaçait certainement à une vitesse supérieure à 200 km/h. Enorme, il ressemblait à un tank américain, mais monté sur des coussins d'air. Il passa devant lui sans le voir, contourna l'épave deux fois, toujours à grande vitesse. Il s'arrêta net à dix mètres d'Alex, tourna à 90 degrés ; avança au contact physique de la fusée. Un grognement se fit entendre, deux immenses pinces sortirent de ses flans, chacune surmontée d'un laser. Elles commencèrent à découper le métal.

D'abord étonné de la manœuvre, puis se ressaisissant, Alex cria en accourant vers l'engin :

- Arrêtez bande d'idiot, ne détruisez pas ma fusée, attendez, elle est bourrée de données scientifiques. Qui êtes-vous ? D'où sortez-vous ? Je suis là !

Dès la première parole émise, la machine s'était arrêtée et s'était reculée, immobile. Alex s'en approcha méfiant. Peut-être un engin de guerre ? Devant cette inertie soudaine qui persistait, et toujours sur ses gardes, il ordonna :

- Allons, sortez de là-dedans, montrez-vous. Je ne suis pas armé, vous le voyez bien.

Une voix sortit de la masse d'acier noirâtre, comme d'un haut-parleur :

- suis le ferrailleur du secteur AX 13, Votre Excellence, j'accomplis ma tâche, sauf si Votre Excellence en ordonne le contraire. Attends ordre.

Cela ne pouvait être qu'une farce, et plus est, de mauvais goût après ce qu'il venait de subir.

- Arrêtez vos conneries de collégiens...

Alex se regarda et comprit le ridicule de sa position. Il était tout nu et donnait des ordres à une bande de farceurs cachés dans leur véhicule.

- Connerie non traduisible, collégien ignoré.

Habitué par les ordinateurs de bord, à ce type de vocable, il s'approcha alors jusqu'à toucher cette chose, confiant. Hormis ses horribles pinces de homard, elle n'avait rien d'agressive. Il cogna du poing pour tenter d'identifier le métal. Aucun son creux n'en sortit. Elle avait la silhouette d'un gros parallélépipède incliné.

- Identification, lança-t-il, comme s'il s'adressait à un ordinateur.

- Robot VBF, type Charlie, génération 3. Intelligence artificielle en circuit intégré ; type domestique. Mission : récupérateur de tous les métaux recyclables.

- Charlie, tu es un authentique robot ?

- Affirmatif, Votre Excellence.

- Qui t'as envoyé récupérer ma fusée, Charlie ?

- Personne. C'est les masses métalliques qui sont immobiles plus de deux heures qui stimulent mes radars. Je fais partie des robots charognards.

- Il y a d'autres robots dans les environs.

- Oui, Votre Excellence. Dans la catégorie charognard, il y a ceux qui mangent les cadavres d'hommes ou d'animaux qu'ils transforment en engrais, ceux qui mangent le reste, caoutchouc, plastique, verre, bois, ordures ménagères qu'ils transforment en cubes de construction.

- Et y a-t-il d'autres catégories de robots ?

- Oui, Votre Excellence, Les robots de guerre volants, nageant ou terrestres. Les robots domestiques qui font la cuisine à vos excellences, construisent des maisons, fabriquent des vêtements et des chaussures, les robots constructeurs qui construisent les robots.

- L'énergie, quelle est ton énergie ?

- Les photopiles, l'énergie de la lumière emmagasinée. Pour ma part, je m'arrête automatiquement de travailler à la disparition du soleil, mais les robots domestiques, eux, travaillent toute la nuit et se rechargent le matin en une heure.

- Alors, il y a bien des hommes quelques parts, non ?

- Oui, Votre Excellence, ils vivent dans les souterrains et égouts des grandes villes et ne sortent que la nuit pour attaquer les Excellences. Ce sont des êtres répugnants. Mais votre Excellence sait déjà tout cela et se moque de Charlie.

- Mais je suis un homme Charlie !

- Non, Votre Excellence est une excellence et non un homme.

- Quelle différence fais-tu entre une excellence et un homme ?

- Les excellences sont ceux qui ont tout créé, y compris les robots pour les servir, qui vivent dans de belles maisons, ce sont les maîtres qui ont chassé les hommes, ces animaux primaires.

- Quels aspects ont donc ses excellences ?

- Le vôtre Votre Excellence, mais que Votre Excellence cesse de se moquer d'une machine à ferrailler.

- A propos, que fais-tu de ta ferraille ?

- Quand je suis plein, je vais me vider dans l'usine qui fabrique des véhicules. Je ramasse les véhicules usés et abandonnés, je les rapporte à l'usine et ainsi de suite jusqu'à ce que mon successeur m'emporte moi-même pour être recyclé.

- Et cette usine où est-elle ?

- Près de la ville.

- Là où il y a, à la fois, des excellences et des hommes ?

- Oui, Votre Excellence.

La différence robotique entre hommes et excellences échappait à Alex.

- Pourrais-tu m'amener à cette ville, Charlie ?

- OK, Votre Excellence.

- Cesse de m'appeler Votre Excellence à tout bout de champs.

- C'est une remarque de respect programmée dans ma mémoire.

- A combien routes-tu ?

- A environ 180 km/h.

- Pourrais-tu m'attendre le temps que je prenne quelques petites affaires restées dans la fusée ?

- Impossible pour aujourd'hui, mes capteurs m'indiquent que je dois cesser mes activités d'ici 10 minutes. Le soleil tombe et l'absence d'électricité me fait déjà défaut.

Quelques minutes plus tard, le robot maintenu sur son coussin d'air, tomba au sol. Inerte il paraissait moins imposant. Alex décida de l'escalader et d'aller fouiller cette mécanique bourrée d'informatique. Il en eut vite fait le tour, aucune trappe d'accès.

Tel Robinson Crusoé, il sortit de son vaisseau ce qu'il lui servira à sa survie. Il ne pouvait amener avec lui tout son fourniment. Le plus sage serait de le cacher dans les ruines où il se trouvait. Il avait la nuit pour cela, ce qui était peu.

Il récupéra en premier ses torches électriques pour s'éclairer et toutes les doses alimentaires qu'il devait s'injecter dans la carotide pour survivre. Un pistolet mitrailleur compact, Ingram - 10, avec ses munitions, fera l'affaire, faute de plus moderne. Un radar portatif de la taille d'un appareil photo permettra de visionner à l'intérieur de n'importe quel objet à la façon d'une radioscopie. Une boussole, une montre, un mini sextant lui permettront de se situer. Il enterra le reste des objets qu'il put extraire de l'épave. Il laissa les données scientifiques obtenues depuis quarante-trois ans dans les ordinateurs, faute de pouvoir les mettre en sécurité. Cela ne devait intéresser personne, puisqu'il n'avait rencontré aucun humain depuis son atterrissage. De toutes évidences, le vaisseau sera détruit par les robots charognards, si ce n'était pas avec Charlie, ce sera avec son successeur. Il ne comprenait pas pourquoi ces machines à l'intelligence artificielle n'étaient pas contrôlées par une personne de chair et d'os. Elles fonctionnaient par elles-mêmes, par leurs propres moyens. Mangeuses d'ordures, mangeuses de cadavres, mangeuses de ferrailles. Quelque chose lui échappait sur cette bonne vieille terre retrouvée.

Radar en main, il examina la carapace de Charlie. Le schéma qui s'inscrivit sur son mini écran lui indiqua qu'une trappe située sous le robot, à l'avant, permettait son accessibilité interne. Il creusa un trou qu'il étaya avec des débris de l'appareil, dévissa la trappe et pénétra Charlie.

Alex comprit rapidement le fonctionnement de la machine qui ne devait pas être de la dernière technologie. Une batterie de radars très puissants lui indiquait les masses métalliques sur une zone de 10 kilomètres autour de lui. Des circuits imprimés et une carte mère le programmaient pour un quadrillage territorial de 1000 hectares. Dès la détection d'une masse, ils l'enregistraient et une heure après Charlie se détournait de sa route pour ramasser l'engin abandonné. Il découpait les tôles au chalumeau à laser et les engrangeait, une fois compressées, dans sa benne. Le reste était une question de transmission mécanique, de moteur électrique, d'énergie solaire. Aucune trace de mémoires mortes dans le cerveau de Charlie, les informations acquises dans la journée disparaissaient des circuits avec la lumière du jour. Les rayons de l'aube stimulaient ses capteurs, alors l'ordinateur chargeait son programme de conditionnement, faisait le point où il se trouvait et déclenchait la mécanique. Certainement par sécurité au cas où l'ordinateur de bord déraillerait, un récepteur vocal lui permettait de recevoir des ordres par une voix humaine ce qui suspendait provisoirement sa programmation.

C'était cette dernière possibilité que comptait exploiter Alex pour sauver sa fusée ou du moins en retarder la destruction tant qu'il n'aura pas compris ce qu'il se passait.

Sa montre marquait cinq heures du matin. Pris de panique il sortit prestement du robot. Le déclenchement de la machine alors qu'il bricolait à l'intérieur, aurait pu le broyer. Non, l'obscurité lui donnait le temps de fermer Charlie.

Aux premières lueurs du soleil, il monta sur le robot et attendit son éveil. Il se souleva, activé par les souffleries de son coussin d'air, brouta, hoqueta. Comme Alex l'avait constaté, Charlie n'était plus très jeune, il était d'une très ancienne génération. Il lui ordonna immédiatement de se diriger vers l'usine de recyclage. La machine tourna en rond autour de l'épave et se dirigea vers le grand inconnu, l'homme sur sa carapace. L'ordre devait être obligatoirement repéré toutes les dix minutes car son programme de conditionnement reprenait le contrôle, passé ce temps.

Le désert, partout le désert, pas âme qui vive, pas une construction. Le mastodonte suivait une route bitumée quand un panneau renversé attira l'attention d'Alex. Il descendit, retourna la ferraille certainement trop petite pour intéresser les radars de Charlie et lut " Savigny-le-Temple". Le pilote automatique de son vaisseau l'avait bien ramené à la base aérospatiale de Savigny, seulement celle-ci avait été détruite ou abandonnée. Pour quelle raison ?

Charlie filait à la vitesse de ses deux petites tuyères, Alex s'arrimait du mieux qu'il pouvait, 180 km/heure, ça décoiffe !

L'usine se profilait dans le lointain. Il ordonna au robot :

- Stop, Charlie.

- Ici, tu n'es plus sur ta zone de ramassage, mais bien sur celle d'un autre robot charognard ?

- Exact, Votre Excellence.

- Alors Charlie, tu vas me creuser ici une tranchée de trois mètres de long sur 80 cm de profondeur.

Immédiatement l'avant du robot s'ouvrit et un bras muni d'une pelleteuse entra en action.

- Avance sur la tranchée. Stop.

Alex entoura les capteurs solaires de Charlie de chiffons et attendit. Dix minutes plus tard, les batteries épuisées, Charlie s'effondra, son coussin d'air dégonflé. Alex se glissa dans la tranchée, ouvrit la trappe, arracha la carte mère de l'ordinateur de Charlie, ramassa son sac et partit. D'ici une heure, la masse métallique sera détectée, découpée et recyclée.

- Adieu Robot VBF, type Charlie, troisième génération, tu n'aurais jamais dû quitter ta zone. Moi, j'ai une épave de fusée à sauvegarder avec ses données scientifiques...

L'usine apparaissait dans un halo de poussières sableuses et de buée. Des robots ressemblant à des camions entraient et sortaient. Il y en avait de toutes les sortes et toutes les espèces, à chenilles, à roulettes, à l'hélice... Alex n'avait jamais vu un tel déploiement d'engins. Tout cela, sans la main de l'homme ?

Aucune clôture n'entourait les bâtiments, seuls des faisceaux phosphorescents balayaient les zones désertes. S'introduire sur le site devait être un jeu d'enfant, accroché à un robot. Des tonnes et des tonnes de métaux compressés sous forme de cubes, déversées dans des silos, disparaissaient dans les entrailles d'une immense tour en matériaux inconnus, un genre de plastique.

Comme un simple touriste, Alex entra dans l'usine. Une chaleur sèche et même brûlante y régnait. Un haut fourneau classique y recevait les lingots de ferraille amenés par des tapis roulants. Du haut, coulant dans différentes rigoles, le métal en fusion se répartissait dans divers appareils, eux aussi d'une matière inconnue. Alex se trouvait au carrefour de plusieurs chaînes de production. Il suivit l'une d'entre elles, faute de pouvoir les suivre toutes. Dans des gerbes d'étincelles, les pièces incandescentes sortaient d'un four pour s'engouffrer dans un autre. Des presses emboutissaient, d'autres aplatissaient, des machines découpaient, des pinces retournaient ou assemblaient. Des rayons infrarouges soudaient, des ultraviolets séchaient. Dans un endroit plus calme, d'autres appareillages créaient des circuits électroniques qui venaient s'enfourner dans des assemblages métalliques. Des trottoirs roulants sortaient des robots humanoïdes que des grues accrochaient à des chaînes, à vingt mètres de hauteur, pour les stocker.

Des centaines d'automates figés dans un même mouvement, attendaient pendus sur plusieurs niveaux. Impressionnant. Nous étions en pleine science-fiction des années 1970. D'ailleurs ils n'avaient aucune élégance, ils semblaient taillés dans la masse et n'avaient de l'homme que sa silhouette. Pas de bouche, pas d'oreilles, d'ailleurs qu'en auraient-ils fait ? Ils étaient articulés aux coudes et aux genoux. Quatre minuscules pinces terminaient leurs bras. Ils devaient se déplacer debout car ils avaient des pieds articulés et très larges. Alex voulut sortir, il en avait assez vu. Les autres chaînes devaient être du même type avec des productions différentes. Charlie, monté en série, avait dû sortir d'une fabrique identique. Il remarqua l'absence d'escalier. Seuls des chemins cimentés en pente douce, montaient aux niveaux supérieurs. Ce type d'accès n'avait pas été fait pour l'homme mais pour des machines se mouvant sur roue. Au hasard, il s'en fut dans un dédale de coursives et marcha même dans un immense tuyau qui ressemblait à un égout. Il déboucha dans une immense salle éclairée. Des machines électroniques ronflaient, des voyants s'allumaient ou s'éteignaient, vraisemblablement un complexe informatique.

Quel ne fut pas son étonnement quand il aperçut sur un pupitre un automate actionnant tantôt un clavier, tantôt descendant ou montant des manettes. Il se bougeait avec lenteur mais précision. Un objectif de caméra placé sur le front, lui faisait ressembler à un cyclope. Sa tête pouvait tourner sur elle-même. Un second robot, jumeau du premier, se déplaçait près des armoires en actionnant aussi des boutons. Des écrans en couleurs sanguines visionnaient certaines étapes de fabrication des chaînes. Les androïdes les surveillaient tour à tour et agissaient d'après ce qu'ils voyaient. Ils étaient dans le poste de commandement de l'usine. Des robots fabriquaient d'autres robots, les uns certainement plus évolués que les autres.

Alex ne connaissant pas le degré d'intelligence de ces machines, ni leur programmation vis à vis de l'homme, décida de ne pas se montrer et de rebrousser chemin. Dehors il aurait tout le loisir de réfléchir. Il échappa de justesse à un troisième androïde qui regagnait la salle des commandes traînant derrière lui une caisse à outils, le robot réparateur. Et pourquoi pas des robots soldats qui garderaient les installations. Alex redoubla de vigilance.

Derrière des vitres, il vit des cadavres d'animaux ingurgités par des mécaniques qui en sortaient une sorte de toile de chair enroulée sur d'immenses rouleaux. Plus loin, il aperçut des forêts entières amenées par des engins mobiles, recyclées en matériaux de construction. Tout y était happé, les fougères, les arbres, la terre et les animaux qui n'avaient pu échapper aux engins récupérateurs. C'était l'enfer...

Il lui parut plus sage d'attendre la nuit, caché dans un recoin pour sortir. Il avait compris avec Charlie que l'énergie électrique des machines devait être économisée pour des raisons qu'il ignorait ; donc avec l'obscurité, moins de surveillance potentielle, peut-être l'arrêt complet de l'usine. Il lui restait quinze heures à attendre dans son trou à rats.

Sa perspicacité avait eu raison. La fabrication cessa avec les derniers rayons du soleil. Un silence tomba immédiatement. Il reprit la recherche de la sortie, une torche à la main. Les robots et les machines étaient bien tous là, inertes. Il marcha d'atelier en atelier, se retrouva à son point de départ. Il consulta sa boussole, réflexe idiot puisqu'elle ne pouvait pas lui indiquer la sortie. L'atmosphère brûlante avait cesse et un petit courant d'air frais lui parvenait. Il n'eut plus qu'à le suivre de couloirs en couloirs pour déboucher sur une issue grillagée. Il eut vite fait d'en arracher le huis avec une barre transformée pour l'occasion en pied de biche. Dehors, des engins roulants munis d'infrarouge tournaient à espacement régulier, les uns derrière les autres. Un déchet quelconque voleta devant l'une d'elle, emporté par le vent. Immédiatement, un phare s'alluma et une rafale crépita.

Entre chaque passage, Alex jetait des cailloux et remarqua qu'ils ne réagissaient pas toujours. Ils ne se déclenchaient uniquement que sur ce qui bougeait et leur détection avait une portée inférieure à la distance qui les séparait entre eux. Il lui suffit de déterminer cette différence de temps parcouru et s'avancer durant ces quelques secondes. Ainsi, peu à peu il s'avançait vers leur trajectoire et s'immobilisait. Ils ne décelèrent pas sa présence. Il coupa leur route d'un grand saut pour éviter le frottement au passage suivant et s'éloigna dans la nuit vers la ville.

CHAPITRE III

La ville était en vue, un agglomérat étincelant de tous ses feux, énorme. Comme l'usine, elle émergeait du désert.

Teotihuacan, au Mexique, avait disparu de la même façon que disparaîtra cette cité moderne. Cette brillante civilisation aztèque utilisait bon nombre d'arbres pour alimenter les fours à ciment. C'était des bâtisseurs à la gloire de leurs dieux, dont on peut voir encore les édifices 500 ans après, une ville entière de temples et de pyramides. L'abattage des arbres, d'abord dans un périmètre immédiat, puis dans un cercle de plus en plus large, amena progressivement le désert. Le gibier dont la nourriture cessa d'exister dans un premier temps, déserta le milieu. Les racines ne retenant plus l'eau, les ruisseaux s'asséchèrent, le maïs s'arrêta de pousser, les habitants disparurent, un des grands mystères de l'archéologie d'Amérique Centrale.

Le peu qu'Alex avait aperçu, l'inquiétait, surtout la dominance des robots. Depuis 48 heures, il n'avait vu aucun être humain. L'industrie était entièrement entre les mains d'automates. Des robots commandaient d'autres robots.

Des avenues tubulaires à grandes vitesses parcouraient les agglomérations en tous sens. Elles étaient soit aériennes, soit souterraines et permettaient d'aller d'un point à un autre en quelques secondes. Elles débouchaient ensuite sur des artères ordinaires. C'était le seul changement notoire qu'aurait pu constater Alex comparé à ce qu'avait été l'urbanisme avant son départ dans l'espace.

Les trains, les automobiles avaient changé d'aspect. Le pétrole devenu rare, le moteur électrique remplaçait le moteur à explosion. Les stations-service avaient fait place à des hangars de recharge. Un coup de courant électrique à haute tension regonflait immédiatement les batteries des véhicules. Les gens aisés, la police, les forces d'intervention et de secours se déplaçaient dans de nouveaux véhicules volants fonctionnant à la capsule nucléaire. Le coût du nouveau carburant interdisait aux pauvres, l'achat de tel engin.

Monsieur "Tout le monde" habitait dans un immeuble délabré des années 1920, fait de ciment et de briques. Madame "Tout le monde" s'occupait de ses enfants qui allaient à l'école. Les pavés de Mai 1968 avaient été remis en place en commémoration d'un événement dont on ne se souvenait plus.

Alex aborda la Grande Ville sans trop d'inquiétude. Seul, le passage du désert à la ville avait été bizarre, ici le sable, la solitude et l'obscurité, un mètre plus loin la lumière artificielle, des maisons, des rues grouillant de monde, sans aucune progression entre les deux. Dans l'éclat des projecteurs de l'éclairage public, Alex aborda un homme, le premier depuis bien longtemps. Son dernier compagnon de voyage était mort depuis 5, peut-être 6 ans. Il ne s'en souvenait pas très bien.

- Bonjour, dit-il simplement en tendant la main, je suis Alex Gabet, le cosmonaute qui vient d'arriver, comme si tout le monde le connaissait.

L'autre lui prit la main chaleureusement, lui sourit et partit. Il répéta le geste et les paroles à une dame qui lui en fit autant. Il allait se présenter aux autorités, cela serait plus simple. Elles devaient être informées de son retour sur terre, même si le comité d'accueil avait fait défaut. Ayant atterri à Savigny, en Seine et Marne, vu la direction indiquée par sa boussole lors de son équipée avec Charlie, il devait être dans la Région Parisienne, du côté de Bercy, non loin de la Gare de Lyon. Le mieux serait de se diriger vers les Champs Elysées, de couper vers la place Beauvau où il y avait tous les ministères et la Présidence de la République. Il consulta son sextant électronique qui lui confirma ses cogitations. Il était bien dans la Capitale. Il s'engagea sur le trottoir roulant à grande vitesse, une innovation de la Municipalité de Paris pour dissuader les Parisiens d'utiliser leur véhicule personnel et pour supprimer les autobus électriques devenus trop encombrants. Il ne reconnaissait rien, ce qu'il accepta compte tenu qu'il était parti à l'âge de 10 ans. Par-dessus le parapet, il aperçut de l'eau, la Seine sans aucun doute. Il sauta sur la dérivation suivante qui le redescendit sur le pavé d'une rue. Un homme en uniforme était là, immobile, certainement un agent de police en nouvel uniforme.

- Excusez-moi, Monsieur, je me suis perdu, les Champs Elysées, s'il vous plaît ?

- Je ne connais pas les Champs Elysées, répondit le militaire sans bouger, mais Votre Excellence devrait ne pas rester ici. Cela est dangereux.

Et voilà que lui aussi en mettait de "Votre Excellence". Les rues effectivement étaient vides, contrairement au quartier qu'il venait de quitter. Il partit en direction de l'eau, il arriverait bien en suivant la Seine à retrouver l'Ile de la Cité et Notre-Dame.

Il n'y avait plus de ces projecteurs publics qui éclairaient les voies comme en plein jour. De temps en temps, un lampadaire brillait miraculeusement, les autres étant cassés. Ces rues-là ressemblaient aux rues de son enfance, même immeubles sales, même pavés, même platanes sur les quais. Pétrifiés, fossilisés, ceux-là sonnaient le creux. Pas de chiens errants, pas de chats vagabonds, peut-être y avait-il des oiseaux, le jour ? Il avançait torche en main. L'azimut de sa boussole lui indiquait bien la bonne direction, mais il aurait dû déjà apercevoir Notre Dame. Aucune ombre d'île sur la Seine, sur une Seine rigoureusement droite avec parfois des méandres à angle droit. A moins que cela soit le Canal St Martin ou celui de l'Ourcq ? Non, ce n'était pas possible. Depuis qu'il marchait, il aurait dû passer la Maison de la Radio. Il braqua son faisceau lumineux sur sa droite et balaya l'environnement, cylindriquement, autour de lui. Il était de nouveau dans le désert. La Seine s'arrêtait là, comme coupée au couteau. Il rebroussa chemin. Un bloc noir émergeait dans la pénombre. Etait-il passé à droite ou à gauche, à l'aller ? Il s'engagea au hasard. Il marcha, marcha de plus en plus rapidement. Le pavé et l'asphalte avaient réapparu sous ses pieds, mais il avait perdu la Seine, il errait alors dans un embarras de ruelles et de passages, plus inquiétants les uns que les autres.

Il aperçut au milieu de l'une d'elle, une lueur. Il se dirigea vers elle instinctivement, quand cinq ou six individus l'attaquèrent. Tant par la surprise que par le nombre, ils l'emmenèrent de force, chacun accroché à un membre. Ils le jetèrent dans un coin d'une pièce chauffée et éclairée par une cheminée consommant du bois réel dans ce monde irréel. Leur but était de le dépouiller. Il se remit prestement sur ses pieds, dégageant son pistolet mitrailleur qui cracha. L'Ingram 10 crépita, ils se jetèrent au sol, les mains sur les oreilles. Visiblement ils avaient été plus effrayés par le bruit que par les balles. Alex saisit une branche enflammée et éclaira l'un des hommes qu'il frappa à coup de pied pour qu'il se montrât. C'était des monstres, plutôt des hommes monstres. Le Quasimodo de Victor Hugo eut été une beauté, par comparaison... Deux yeux glauques s'ouvraient sur un visage boursouflé et ridé. Deux oreilles comme rongées par des souris encadraient une tête chauve et déformée de singe. Des mains de squelettes s'agitaient au bout d'avant-bras décharnés. Ils n'avaient que peu de vêtements Alex renouvela son invite à le regarder et à se mettre debout.

- Qui êtes-vous ?

- Des hommes, Votre Excellence.

- Ce n'est pas une référence d'être un homme, moi aussi je le suis...

Les deux hères se regardèrent, puis regardèrent de nouveau Alex.

- Votre Excellence se moque de nous, vous n'êtes pas un homme.

- Je suis quoi donc, ironisa Alex qui pensait qu'ils cherchaient à l'amadouer.

- Un androïde, Votre Excellence.

- Idiots ! Que me voulez-vous ?

-Vos habits, nous avons froid...

Dehors des bruits de scooters se faisaient entendre. Des éclairs jaillirent dans l'obscurité par intermittence, des pas résonnèrent. On approchait vers eux.

- Pitié, Votre Excellence, c'est la patrouille. Elle va nous tuer.

Dilemme pour Alex. Les intervenants marchaient dans la pièce voisine. Il fit un geste de son Ingram qui voulait leur dire de s'en aller. Deux des fugitifs avaient déjà franchi la porte quand un rayon s'en vint frapper le troisième en plein dos. L'homme s'écroula au sol, se recroquevilla et commença de se consumer. Terrifié, Alex regardait les chairs se racornir et s'enflammer en dégageant un gaz bleuté.

- Patrouille de Sécurité ! Votre Excellence, dit le policier, je n'en ai eu un...

- C'est quoi cet engin, demanda-t-il en désignant la sorte de grand bâton que tenait le policier.

- Un fusil désintégrateur, le dernier cri. Il envoie un mélange d'essence et de gaz spéciaux qui s'enflamment uniquement au contact de la peau humaine. Ainsi, sans blesser nos concitoyens nous pouvons intervenir. C'est de plus en plus souvent qu'ils nous attaquent la nuit. Le jour, ils vivent dans les égouts, les anciennes évacuations d'ordures d'avant. Nous ne pouvons pas les y déloger, nous n'avons pas assez d'autonomie dans l'obscurité. Peut-être qu'un jour...

   - D'avant quoi, questionna Alex.

   - Eh bien d'avant, avant ! D'avant vous et moi, Votre Excellence...

Le policier salua de deux doigts à la tempe, claqua légèrement les talons dans un geste militaire et s'en retourna. Alex le vit rejoindre ses collègues, tous montés sur des drôles de petits véhicules à roue sphérique.

Il se passait vraisemblablement de drôle de choses dans ce Paris. Il s'assit pour réfléchir. D'avant lui et moi... désintégrateur de peau humaine sans blesser ses concitoyens... Les hommes vivent dans les égouts... Eux qui étaient-ils ? Et toujours, Votre excellence...

Il passa une partie de la nuit à rechercher des traces des deux vagabonds dans un quartier entier de maisons abandonnées, en vain.

Le jour se leva après une nuit bien longue et riche en aventures, un de ces jours comme il y en avait depuis le commencement du monde. Comme un chien reniflant les trottoirs tous les cinq mètres, Alex partit en quête, non du Graal, mais de ce qu'il ne savait pas. Il redécouvrit cette fois une Seine coulant dans sa rigole de béton, bien canalisée, bleue. Oui l'eau était bleue, semblable aux cartes routières. Des ponts l'enjambaient que l'on aurait pu appeler Pont d'Austerlitz ou Passerelle des Arts, mais ce n'étaient pas eux. Ils se ressemblaient tous, comme sortis du même moule d'un chocolatier. Les berges semblaient plus vraies avec leurs pavés en polystyrène à hautes teneurs moléculaires. Il ne reconnaissait pas le décor de la veille au soir.

Il rencontra quelques personnes qui allaient certainement à leur travail, en short pour certains, en pantalon ou robes pour les autres. Une dame avec un super décolleté lui sourit. Il se laissa guider vers un bruit de roulement. Il se retrouva sur un trottoir roulant qui l'emmena, Dieu sait où. Au-dessous du viaduc il entrevit une circulation très dense, des automobiles de tous modèles allant de la Berline Levassor de 1912 à la Clio de 1990, fonctionnant certainement sur accumulateurs ou panneaux solaires. Il croyait avoir l'air d'un martien avec sa combinaison argentée, mais personne ne prêtait attention à son accoutrement. Un hélicoptère marqué "police" le survola. Il arriva en fin du trottoir roulant et débarqua dans une gare qui ressemblait à une station de téléphérique. Il en descendit les escaliers et vit un grand panneau sur lequel était inscrit de tout son long U.N.I.V.E.R.S.I.T.E., l'endroit idéal pour s'y cacher et s'informer au milieu de ce monde estudiantin. Effectivement, un grand nombre de jeunes gens y circulait, quand un vieux monsieur l'aborda.

- Vous êtes bien Monsieur Gabet ?

- Oui, répondit-il interloqué.

- Alex Gabet, questionna de nouveau le bonhomme.

- Oui, confirma-t-il de plus en plus intrigué.

- Je suis le doyen de la fac... Je viens seulement d'être informé par le Ministère de votre arrivée. Je suis confus, je n'ai rien préparé pour vous accueillir.

Le vieil enseignant s'accrocha au bras d'Alex et l'entraîna vers un grand bâtiment couvert de graffiti et d'affichettes à demi arrachés.

- Je vous présente notre nouveau collègue, dit-il en l'introduisant dans un groupe d'hommes et de femmes qui discutait.

- C'est le nouveau professeur de biologie humaine et de cybernétique, rajouta-t-il.

Alex sourit et serra de nombreuses mains, essayant de dissimuler son trouble.

- Je vais maintenant vous présenter à vos étudiants ; allons dans votre salle de cours, si vous le voulez bien.

Les deux hommes entrèrent dans l'amphithéâtre sans pour autant faire arrêter le brouhaha, par leur présence. Alex siffla un grand coup entre ses dents. Le vacarme cessa immédiatement.

- Je vous présente votre nouveau professeur de biologie cybernétique. Je reste persuadé qu'il saura vous faire profiter de son expérience personnelle très riche, m'a-t-on dit en haut lieu.

- En haut lieu, s'exclama Alex.

Puis, se tournant vers lui :

- Je vous laisse à cette bande de farceurs qu'il faut corriger.

Ces dernières paroles déclenchèrent des torrents de quolibets et de raillerie de toutes sortes. Ça y était, il était dans l'arène, seul face à une meute de loups qui allaient le dévorer à belles dents du haut de leur gradin. Il n'avait pas eu le temps de comprendre ce qu'il lui était arrivé depuis son retour sur terre, seulement quelques quarante-huit heures plus tôt. Il était maintenant professeur d'histoire biologique et cybernétique et quelqu'un voire plusieurs personnes le connaissaient dans ce monde étrange et avaient dû l'amener là par télépathie. Oui, c'était bien lui, Alex Gabet, titulaire d'une chaire de biologie cybernétique. Il ne connaissait même pas le programme des cours, de quoi allait-il parler à ces étudiants braillards. D'un geste de la main, il calma les agitations. Un silence lourd et interrogateur arriva. Que dire ? Alors que le tohu-bohu allait recommencer, il dit.

- Effectivement riches d'expériences, je saurais vous intéresser aux sciences biologiques et cybernétiques.

La première phrase lancée, l'auditoire attendait de nouveau, suspendu à ses lèvres.

- Ayant oublié ma serviette ce matin, je demanderai à un étudiant de me prêter son livre.

Sa planche de salut était là dans cette demande. Immédiatement, plusieurs livres s'offrirent à lui. Il en prit un sans regarder sa propriétaire, l'ouvrit au premier chapitre comme s'il l'avait toujours connu. Sa faculté à lire en diagonal allait lui permettre d'avoir matière à étayer son premier cours. D'autant qu'il s'agissait d'un cours sur les différents appareils de l'homme, système respiratoire et cardiaque, fonctionnement du cerveau... Un sujet qu'il maîtrisait.

Au coup de sirène, les étudiants replièrent leurs affaires et s'en allèrent. Alex les suivit, il devait rester maître de lui et éviter tout étonnement.

- Permettez-moi, mon cher collègue, de vous conduire à votre nouvel appartement, en ville, l'intercepta le vieux doyen, en dehors des cours, le campus est infernal et ne pourriez jamais vous y reposer.

Les deux enseignants partirent sur un viaduc roulant, peut-être le même qui l'avait amené le matin ou bien un autre.

- La cybernétique est bien l'étude des processus de commande et communication entre êtres vivants et machines, lança Alex, sur un ton péremptoire de professeur. L'homme, lui, a son système nerveux de communication et de commande à partir de son cerveau. Alors pourquoi la cybernétique ?

Sans répondre à l'interrogation, le doyen reprit :

- Vous avez tout compris, mon cher collège, c'est pour cela que nous vous avons fait venir. Rassurez-vous, nous avons mis à votre disposition un laboratoire et une équipe de manipulateurs pour vos recherches. Nous comptons sur vous là où d'autres ont échoué. Créer un tissu artificiel ou des fils vivants qui pourraient transmettre des ordres aux membres artificiels, à partir d'un cerveau humain. Vous aurez tous les cerveaux que vous voudrez.

- Des cerveaux d'hommes ?

- Bien sûr, des animaux nous n'en avons presque plus.

Le doyen tira Alex par la manche pour lui indiquer qu'il fallait sauter à la prochaine sortie. Contrairement à ce qu'il avait pu voir la veille, lors de son arrivée, vieilles maisons délabrées, arbres artificiels, pierres en plastique, tacots électriques, il débarqua dans un quartier que l'on aurait pu appeler futuriste.

- C'est à deux pas, vous verrez, vous y serez bien.

Alex regarda autour de lui, tous ces bâtiments qui défiaient les lois de la pesanteur. Des boules en matières transparentes tenaient en équilibre sur des pointes de cône. Des pyramides de verres, pointe en bas, semblaient tenir enfoncées dans le sol, mais il n'en était rien. Des trapèzes, des parallélépipédiques, des cylindres empilés les uns sur les autres, étaient reliés ensemble par des escaliers roulants ou par des ascenseurs. A l'intérieur de ces volumes géométriques, toutes transparents, un monde d'individus y grouillait. C'était comme une fourmilière dans laquelle on venait de donner un coup de pied.

- C'est le quartier des élites, ici, d'où son nom "Magnus", déclara le doyen comme pour le rassurer, pas de voyous vivants sous terre, pas de machines déréglées, pas de voitures bruyantes.

Ils se dirigèrent vers un ovoïde en bakélite, franchirent les portes qui s'ouvrirent automatiquement. Leur seule présence déclencha l'arrivée de l'ascenseur qui les amena directement dans le salon de l'appartement attribué à Alex.

Comment l'appareil avait-il pu les identifier pour les emmener à la bonne destination ?

C'était un logement des plus confortable, un trois pièces. Tous les meubles, y compris la penderie, étaient très bas. Il fallait s'agenouiller pour y accéder. Les murs étaient tout transparents et l'on pouvait voir évoluer ses voisins immédiats. Alex remarqua les charmes de sa voisine qui se douchait. Le doyen s'en aperçut et sourit. Le sol ressemblait à un immense miroir. Toute cette clarté l'aveuglait, ses yeux n'avaient pas encore d'habitude.

- Enfin, pourquoi toutes ses vitres, toutes ses réverbérations, il n'y a aucune intimité ?

Le doyen le regarda, semblant étonné de sa question. Après plusieurs secondes de réflexion, il lui répondit.

- Pour nos photopiles, mon cher. Quand vous serez chez vous, il faudra que vous viviez tout nu, afin que vos photopiles se rechargent. Plus elles seront chargées, plus vous pourrez évoluer longtemps après le coucher du soleil... Vous me faites marcher ? Et moi, j'y cours. Excusez-moi, mais je n'ai pas encore eu le temps de m'habituer à votre humour.

Alex regarda le vieillard avec des yeux malicieux, feignant d'approuver ses dernières paroles. Sa langue avait été plus vite que sa pensée. De telles questions ne pouvaient que provoquer des doutes sur sa présence dans cette société qu'il ne comprenait pas encore. Il avait remarqué l'hésitation du doyen avant de lui répondre. Poursuivant, le doyen lui dit :

- Enfin Alex, puis-je vous appeler par votre prénom - retirez cette arme de votre ceinture, vous avez l'air d'un homme de Neandertal avec, et ôtez-moi votre combinaison en papier de chocolat. Vous avez une garde-robe complète qui vous attend. Je vais vous laisser. Ah ! Encore une dernière chose, vous avez dans la cuisine un robot ménager. Il fait autocuiseur, four à micro-ondes, le ménage, peut recoudre les boutons et vous masser. Il suffit de le programmer. Avec de l'habitude, on peut en tirer quelque chose.

Le doyen s'approcha de la porte, l'ascenseur s'ouvrit immédiatement comme s'il l'attendait à l'étage. Il lança un dernier "au revoir" de la main et disparut. De son dixième ou douzième étage, il ne savait pas trop, il vit le vieillard sur l'esplanade s'éclipser dans la bouche du transporteur pneumatique. Il se retrouvait seul entre ses murailles en verre. Il ouvrit une commode et y découvrit plusieurs costumes soigneusement empilés les uns sur les autres, des sous-vêtements, des chaussettes. Non seulement tous ces effets étaient à sa taille, mais encore il répondait à ses goûts, tant dans la coupe des vêtements que dans les couleurs.

Dans l'appartement aux murs mitoyens, sa voisine, toujours nue, vaquait à ses occupations. Elle allait et venait d'une pièce à l'autre. Il frappa aux carreaux pour attirer son attention, elle n'entendait rien, tant, certainement le verre devait être épais. L'histoire des photopiles le tracassait. Tous ces hommes et toutes femmes fonctionnaient comme Charlie, le robot ferrailleur ? Une photolyse (décomposition chimique par la lumière) alimentait leur batterie pour pouvoir fonctionner la nuit ? Il allait bien voir cette nuit comment cela se passera. En attendant il se dénuda pour ne pas attirer l'attention. S'il voyait ses voisins, eux-mêmes pouvaient le voir. Il se demanda comment ils pouvaient vivre dans une telle intensité lumineuse, sans attraper de coups de soleil.

Il dénicha dans un placard de la cuisine, un robot recroquevillé dans la position du fœtus. Il le tira hors de sa cache et entreprit de chercher dans un tiroir le mode d'emploi. Sa voisine d'un côté et son voisin de l'autre s'étaient déjà attablés. Ils avaient dans leur assiette des aliments comme ceux qu'il avait connu dans son enfance, des pommes de terre, des carottes, de la viande même. De peur d'être espionné, il s'attabla aussi. Malgré plusieurs tentatives désespérées en tripotant tous les boutons, ce foutu robot n'avait voulu démarrer. Discrètement, il cassa une ampoule dans sa seringue et se l'injecta dans sa carotide. C'était sa dose alimentaire pour 48 heures. Si son corps s'était habitué au remplacement des aliments par une dose de sérum concentré injectée directement dans le sang, la mutation inverse pouvait se réaliser en ménageant son estomac qui avait dû s'atrophier. Le soleil jetait ses derniers rayons, là-bas à l'horizon. Alex se sentit envahir par une grande lassitude, il s'endormit sur le canapé.

Alors que la lumière intensive, presque surnaturelle, baignait la pièce, une pince métallique secoua fortement le dormeur. Sorti de son armoire, le robot s'était rechargé de lui-même et remplissait son office. La lumière aveuglait Alex. Décidément, il ne s'y fera jamais. Sa montre marquait le mois de Juin, mois le plus long de l'année. Resté nu seulement quelques heures et sa peau du dos le brûlait déjà. Dans un bruit feutré de porte qui coulisse, l'appareil humanoïde lui apporta un plateau avec son petit déjeuner. Le supplice allait commencer, il fallait manger comme un homme, son estomac et ses dents devaient se réhabituer. Il mordit une patte du croissant, ses molaires lui firent mal, il recracha tout. Comme vexé, le robot lui reprit le plateau des mains et s'en retourna sur ses roulettes pour lui présenter, quelques instants plus tard, des jus de fruits. Il les avala sans difficulté. Cette machine répondait à la voix, il devrait lui donner un nom. Pourquoi pas Marie ? Toutes les bonnes s'appelaient Marie dans les romans du XXI ° siècle et il en avait lu dans l'Espace. Et pourquoi un prénom féminin, un robot n'a pas de sexe ? Firmin alors ? Pareillement à Marie, trop populaire. Nathalie ? Oui, Nathalie en souvenir du chanteur Gilbert le monde de son enfance.

Soudain une sonnerie crépita et un voyant rouge clignota, chose qu'il n'avait pas remarquée la veille. Il se dirigea vers lui et découvrit un poste de télévision surmonté d'un parlophone qui ressemblait à un vieux poste de T.S.F. Il tourna un des deux boutons et entendit une voix :

- Ici le contrôle de l'information, Monsieur Gabet Alex...

- Oui.

- Hier soir, vous ne vous êtes pas informé des nouvelles de la cité...

- Non, je ne savais pas... J'ignorais même l'existence du poste de télé...

- Ce n'est pas un poste de télé, mais un info vision. Sa vision et son écoute sont obligatoires entre 19 heures et 20 heures. C'est le devoir civique de tout citoyen.

- Excusez-moi, je suis nouveau...

- Ca va pour cette fois, alors à ce soir à 19 heures.

Alex ferma le parlophone et tourna les boutons de son info vision. Un film de cow-boy s'y déroulait avec John Wayne, un classique le "Rio Grande". Au bas de l'écran, des informations très rapides apparaissaient, à peine perceptible par l'œil, du style " dans ce temps-là, les hommes étaient des animaux primaires qui se servaient d'armes fonctionnant à poudre et montaient sur d'autres animaux. Ou bien, l'homme domestiqua un animal qui lui ressemblait qu'il appelât "femme" et la violentait pour avoir une descendance". Alex comprit qu'il s'agissait d'informations subliminales, c'est à dire des informations captées par le cerveau du sujet sans que celui-ci en ait conscience. Visiblement, il s'agissait de propagande antihumaine, mais dans quel but ?

Il ne devait pas rater le début de son cours de biologique... et de cybernétique.

CHAPITRE IV

Alex avait compris depuis trois jours qu'il était sur "cette nouvelle terre". La topographie des lieux, était du moins celle de l'ancien Paris. Elle se résumait en de vastes quartiers populaires, mi réels, mi- artificiels avec une Seine bleu longitudinale et Magnus, secteur futuriste abritant les chefs et les futurs chefs. Deux interrogations, une usine de recyclage fabricant des humanoïdes, des machines robotiques et des hommes vivants dans les égouts des vieux quartiers pourchassés par d'autres hommes qui se croyaient différents.

Arrivé à la faculté, Alex salua cordialement ses collègues dans la salle des profs. Le doyen était absent, il ne verrait pas encore aujourd'hui son laboratoire de recherche. Il s'était habillé non plus avec sa combinaison antiradiation cosmique, mais avec un costume " Mao" noir, des plus saillants et qui arborait le logo de l'Université. Il avait laissé dans son placard, son sextant électronique et son mini pistolet-mitrailleur dont il n'avait pu s'en détacher jusqu'à présent. Il sentait une insécurité planée en permanence autour de lui. Il retrouva ses élèves de la veille pour deux heures environ et un autre contingent d'étudiants arriva après. Tout se passa très bien, Alex s'étonna lui-même de ses propres capacités pédagogiques.

Le soir alors qu'il sortait de son amphithéâtre, une étudiante l'interpella :

- Votre Excellence, Votre Excellence, vous ne m'avez pas rendu le livre de cours que je vous ai prêté, hier. J'en aurai besoin.

- Effectivement, je l'ai oublié chez moi. Je vous propose de m'y accompagner. C'est à côté et je vous le rendrais avec mille excuses. Comment vous appelez-vous ?

- Catherine Lambert, mais c'est Kate.

- Bon Kate, alors allons-y.

- Je ne peux pas pour l'instant. Je dois être devant mon info vision à 19 heures. C'est obligatoire.

- Cela ne fait rien, vous regarderez l'émission de chez moi.

- Impossible, chaque individu a une émission différente. D'ailleurs, il est interdit d'en parler. C'est intime. Mais j'arriverai après si vous voulez bien.

- D'accord, Kate, à tout à l'heure.

Alex retrouva son ascenseur. En montant il se rappela qu'il ne leur avait pas donné son adresse. Comment le retrouverait-elle ?

Dix-neuf heures, l'heure des informations obligatoires, il débarqua juste pour appuyer sur le bouton. L'image d'abord horizontale, s'agrandit jusqu'à occuper la totalité de l'écran. La mire disparut et une femme ravissante annonça les différents événements qu'elle allait développer dans son journal, après avoir souhaité une bonne soirée. Alex apprit donc qu'il était bien dans Paris, capitale de la France, mais que tour à tour les autres grandes métropoles diffuseront aussi leur bulletin régional, Lyon, Marseille, Lille. La guerre faisait rage pour la conquête des Iles Britanniques. Les soldats de sa gracieuse Majesté détruisaient des centaines d'humanoïdes militaires français. L'ennemi se servait d'armes anciennes, telles que des mines dont il avait truffé les plages. A l'Ouest, un corps à corps avait été engagé avec un régime d'hommes coiffés de bonnet à poils d'animaux et portant des jupes de femme. Les robots tanks les avaient décimés. La journaliste terminait en disant que notre civilisation allait écraser les derniers primats du globe. En région parisienne, une opération de la police dans les bas quartiers, avait permis de sauver la vie du Professeur Gabet, nouvellement débarqué à Paris. Il s'était perdu dans les rues du Marais et s'était fait agresser sauvagement par une horde d'hommes-des-égouts. La police avait tué trois d'entre eux. L'image de la speakerine s'effaçait et Alex se vit apparaître discutant avec le doyen de l'université, puis rentrant dans sa classe sous les ovations de ses élèves qui l'attendaient depuis plusieurs jours. Ces séquences de film avaient été truquées incontestablement. A Marseille et Lyon, les hommes-des-égouts résistaient et avaient fait sauter à la dynamite plusieurs édifices publics dont l'usine qui fabriquait les policiers. Alex se rappela le policier qu'il avait rencontré dans le Marais et auquel il avait demandé sa direction pour les Champs Elysées. Et ceux qui étaient intervenus sur leur drôle de scooter pour le sauver, soi-disant, des griffes des trois clochards. C'était aussi des robots ? Comment savaient-ils où il était ? Il avait donc été suivi.

Nathalie roula et se planta à côté de lui, le soustrayant à ses interrogations. Le programme d'informations obligatoires terminé, le présentateur engagea les téléspectateurs à suivre les émissions culturelles de la soirée qui portait sur l'histoire de l'ancienne France. Un sosie d'Alain Decaux prit alors la parole. Alex avait déjà oublié Nathalie qui se rappela à lui en réclamant le menu du dîner. Elle savait tout faire, d'après elle, parce qu'elle parlait en plus. La porte de l'ascenseur sonna, mais ne s'ouvrit pas automatiquement comme quand c'était lui qui entrait.

- Va ouvrir, Nathalie, lança-t-il d'un air narquois.

À son grand étonnement, elle alla appuyer sur la plaque lumineuse située à côté de l'élévateur. Kate apparut souriante.

- Comment avez-vous trouvé mon adresse dans ce dédale de logements, interrogea-t-il ?

- Par télépathie, Votre Excellence.

- Vous savez lire dans l'esprit des gens lorsqu'ils sont devant vous ?

- Oui, Votre Excellence, je suis licenciée en psychologie transensorielle et psychiatrie

- Je vous en prie, appelez-moi, Alex. Chapeau pour les licences. Ah oui ! Votre livre où l'ai-je mis ? Je parie que c'est Nathalie qui l'a foutu dans un coin.

- Nathalie ?

- Oui, mon robot ménager. Je l'ai appelé comme ça... A propos, vous savez faire fonctionner ce tas de ferraille ?

- Oui, c'est facile. Le poste de programmation est dans le dos. C'est un type de robot primaire, il n'a pas 2000 mots et 800 Megaoctets de mémoire vive. Enlevez-lui sa veste et vous verrez, c'est enfantin.

Nathalie avait capté par deux fois son nom et arriva immédiatement.

- Combien de repas, ce soir ?

Alex n'avait pas pensé à inviter la jeune fille. Il la regarda et lui dit :

-Acceptez-vous l'invitation de Nathalie ?

- Oui, répondit-elle rougissante.

- Compris, dit la machine qui repartit dans sa cuisine.

Après un long silence, ils ne savaient quoi dire ou du moins Alex n'osait pas la questionner :

- Puis-je me déshabiller demanda-t-elle, pour profiter des derniers instants du soleil.

- Oui bien sûr, les photopiles, j'oubliais. Je vais en faire autant.

Pudiquement l'homme se retourna et se déshabilla.

- Si je mettais la télé... l'info vision, dit-il pour rompre le silence et feindre de ne pas voir la jeune fille nue.

- Non, mais je sens que vous brûlez de me poser des tas de questions.

- Oui, bien sûr, encore vos dons télépathiques... Puis, plaisantant, c'est du viol cérébral, une atteinte à la liberté de penser.

- La liberté de penser, c'est quoi ?

Il ne répondit pas à la question. Il regardait la femme des pieds à la tête comme s'il n'en avait jamais vu. Ses expériences sexuelles avaient été nombreuses et brèves dans l'espace et faites généralement à la demande de ses partenaires. Il n'avait jamais choisi. Il était le plus jeune membre de l'équipage et dès l'âge de 16 ans, ses collègues féminines l'avaient sollicité. Tout au long du voyage, des petits couples s'étaient formés, puis s'étaient défaits pour se reformer autrement. On ne peut pas vivre dans une fusée sans que la nature reprît ses droits, même avec des injections de bromure. Personne ne se l'était réservé comme mari, même pas la fille de son âge embarquée avec lui. Bien avant la première fois, il avait déjà interrogé les ordinateurs scientifiques de bord pour s'informer, mais de la théorie à la pratique... Et puis au fur et à mesure que le temps avait passé, la maladie puis la mort avaient diminué l'équipage. Les femmes, plus résistantes, étaient restées plus nombreuses que les hommes. Alors, ils s'étaient chamaillés, les femmes aussi. Puis tout s'était arrangé quelque temps et les jalousies avaient recommencé. Malgré ses sentiments humains, personne n'avait jamais failli à sa mission.

Maintenant c'était lui le vieux, et un jeune corps se présentait à lui, nu drapé de sa seule innocence. Kate s'aperçut de son trouble, elle se fit plus existante, redressa la pointe de ses seins. Nathalie avait servi le repas devant le canapé, sur une table basse. Elle s'assit près de lui, si près qu'il sentit la peau de sa cuisse contre la sienne. Cela faisait trois ans ou peut-être quatre, qu'il n'avait pas touché une femme, qu'il n'avait pas fait l'amour. Allait-il pouvoir la satisfaire ? Le fait même de se poser la question risquait de l'amener à l'échec.

Alors n'y tenant plus, il la prit délicatement par le cou et l'embrassa profondément, son pénis l'ayant déjà trahi. Ils oublièrent tout, même la transparence des murs. Elle s'allongea langoureusement sur les coussins sous lui. Ses jambes serrèrent sa cuisse droite. La main libre d'Alex lui caressa le bas ventre, ses doigts s'emmêlèrent dans les boucles de son pubis. Ils s'aventurèrent entre ses cuisses pour les écarter d'avantage, puis deux d'entre eux, après une hésitation, s'introduisirent dans son sexe. Le long mouvement du va et vient la berçait, elle s'abandonna à ses caresses, plus rien n'existait. L'autre main quitta sa nuque pour contourner lentement les pointes de ses seins, l'un après l'autre. L'homme se glissa entre ses jambes, appuyé sur ses bras, son ventre était chaud. Elle sentit son sexe descendre le long de son abdomen. Elle s'offrit à lui en cabrant ses reins, son sexe la pénétra doucement et le lent bercement reprit. Un frémissement délicieux les parcourut en même temps jusqu'à la racine des cheveux, puis le frottement de sa verge dans son vagin s'accéléra. Ses mains saisirent ses hanches, elle sentit toute la chaleur de son corps en feu. Il accéléra encore, serra encore plus fort son corps, une sorte d'extase envahit Kate. Elle s'accrocha à ses épaules. Il éclata en elle, hurlant et se tordant. Il s'apaisa brusquement, se détendit mais elle sentait son cœur battre à défoncer sa poitrine. Elle le serra elle aussi d'avantage. Elle aurait voulu le garder en elle pour sentir de nouveau son pénis s'écouler en saccades.

Ils restèrent ainsi un long moment, fondus l'un dans l'autre. Le soleil s'était couché, les voisins avaient allumé leur électricité, la climatisation s'était ralentie. Alex se leva, la prit dans ses bras pour l'emmener dans le grand lit. Elle s'était endormie. Il la trouva assez lourde. Même dans le sommeil, un dormeur transporté bouge. Il la déposa sur le lit, inerte, totalement inerte. Il la secoua vigoureusement mais elle était comme dans un coma profond. Comme Charlie, elle venait de s'effondrer par manque d'énergie, il réalisa qu'il venait de faire l'amour avec un robot d'apparence femelle.

Sa première nuit de retour sur terre lui avait été bénéfique pour explorer son premier robot. Seulement, cette fois-ci il s'agissait une machine beaucoup plus élaborée, avec un cerveau ou quelques choses d'approchant. Les policiers, les soldats, les domestiques, les femmes étaient des robots. Plus le modèle avait forme humaine, plus il était sophistiqué et plus il était une copie conforme à l'humain.

Alex retourna sa compagne. Avec sa lampe électrique, sous les couvertures pour ne pas attirer l'attention des voisins, il se mit à explorer ce corps si parfait. Il palpa son visage, sa peau si fine, compara avec la sienne, elles semblaient identiques, aucun aspect plastique ou caoutchouteux. Son épiderme reposait bien sur une ossature, tout l'appareillage devait être en dessous. Les jambes, les bras étaient identiques aux siens, aucune malformation n'aurait pu trahir le robot. Cependant les articulations des genoux n'avaient pas de rotule, ils ressemblaient à des cardans de direction automobile. En effet, il lui prit une jambe et réussit à la plier vers l'avant, idem pour les coudes. C'était bien la preuve inéducable qu'il était en présence d'une humanoïde de la dernière perfection, mais un robot quand même. Il s'intéressa à sa respiration qui ne fonctionnait plus et pourtant il l'avait bien entendu soufflé plusieurs fois. Elle avait mangé les plats préparés par Nathalie, elle devait avoir un estomac ou une poche, voire un simulacre d'appareil digestif. Il enfonça ses doigts au milieu de la cage thoracique à la recherche d'un cœur battant. Rien, pourtant il sentait des organes très durs, impossible à définir aux touchés. Elle possédait bien une matrice comme celle d'une femme, bien que son expérience personnelle ne lui permît pas être aussi affirmatif.

Soudain la climatisation se fit plus bruyante, une étrange odeur se répandit. Il éteignit sa lampe de poche et sortit de dessous les couvertures. La tête lui tournait. Cela venait de la climatisation, un nuage soporifique envahissait la pièce. Il rampa jusqu'à la salle de bain, mouilla une serviette et respira au travers très longuement pour éviter que ses globules rouges ne se chargeassent trop vite de la drogue. La ventilation s'était complètement tue. Alex se trouvait entre deux eaux, à demi endormi seulement. Il vit alors une chose étrange. Un hélicoptère apparut. Avec un puissant projecteur il balaya les appartements les uns après les autres, certainement pour s'assurer que tout le monde était dans les bras de Morphée. C'était pour contrôler les effets du somnifère dans la climatisation. Pourquoi voulait-on que tout à chacun dormît alors que l'énergie emmagasinée ne permettait pas aux humanoïdes de rester éveiller toute la nuit ? Kate s'était bien éteinte avant l'envoi de gaz.

Alex venait péniblement de s'affaler à côté de sa compagne quand le faisceau l'atteignit. Il resta sur lui quelques instants, devint plus intensif, puis s'en alla scruter le logement voisin. Il s'endormit, persuadé que la photosynthèse n'était pas la seule ressource énergétique de ces êtres, si l'on pouvait les appeler ainsi.

CHAPITRE V

Le soleil baignait la chambre depuis déjà un long moment. Kate avait ouvert le lit où Alex dormait profondément. Elle avait pensé à la recharge physiologique de son amant. Cependant des plaques de début de brûlures solaires sur l'épiderme d'Alex, attirèrent son attention. Elle n'avait jamais vu rien de tel sur un humanoïde puisque leur peau était totalement synthétique pour permettre aux photopiles d'accumuler l'énergie, un peu comme la fonction chlorophyllienne des plantes. Elle palpa l'épiderme dorsal du dormeur qu'elle fit rouler entre ses doigts. Aucun micro boule de photopile n'existait.

Dans les androïdes terrestres comme Kate, la peau artificielle se composait de pigments roses, d'origine humaine qui synthétisait la lumière dans des photopiles dont le rôle principal était la photosynthèse. Cette énergie était ensuite véhiculée dans le corps par des nerfs en fibres de verre et consommée par l'organisme.

Les traces sur le corps d'Alex n'étaient autres que des coups de soleil. Il n'avait pas été conçu comme elle et fonctionnait énergiquement différemment, pensa-t-elle. Peut-être un robot androïde supérieur. Pourtant le Grand Maître avait assuré à Kate qu'elle était elle-même du dernier type, de la dernière race mise au point. Lors de son prochain rendez-vous, elle ne manquera pas de lui exprimer son mécontentement ou du moins son insatisfaction de ne pas avoir été mise au courant. Elle était, elle aussi, une scientifique.

Une fois par mois, les androïdes de sa race devaient se rendre à une visite médicale faite dans des machines qui permettaient de découvrir éventuellement les pièces ou les organes usés. Si l'ensemble ne nécessitait que peu de réparation, le patient était opéré immédiatement. Si l'état de dégradation était trop avancé, l'androïde partait au centre biologique où son cerveau était mis en hibernation pour être greffé sur une autre machine.

La palpation réveilla Alex qui se retourna pour voir Kate lui sourire. Elle lui déclara, tout de go, qu'elle était encore plus amoureuse de lui en raison de ce qu'elle venait de découvrir sur son corps. Cette exclamation, bien qu'elle parût ravissante, inquiéta son amant. Qu'avait-elle pu découvrir depuis l'aube alors que lui avait exploré son anatomie une partie de la nuit ?

Il n'eut guère le temps de se languir. Assise près de son corps, elle coula sa main dans ses poils pectoraux. Il se drapa presque immédiatement dans un air faussement pudique. Elle arracha de nouveau ses draps pour le dénuder.

- Et tes photopiles ? Ironisa-t-elle en poursuivant de retirer les draps complètement, pourquoi mettais-tu si longtemps à te recharger ?

Elle engagea un corps à corps charnel. Il se débattit mollement. A cheval sur lui, elle le terrassa, immobilisant ses quatre membres avec les siens. Puis, sentant que la résistance n'existait plus, elle se laissa glisser sur lui. Elle agaça son corps avec la pointe de ses seins, d'abord par petits cercles puis de plus en plus grand jusqu'à frotter tout son corps contre le sien. Ses lèvres se soudèrent aux siennes, l'une de ses mains dégringola directement jusqu'à sa virilité qui avait pris du volume. Soupçonneuse depuis leurs ébats de la veille, elle n'avait pas eu la preuve palpable de ce phénomène étrange qu'elle n'avait encore jamais remarqué chez ses autres partenaires. Elle caressa son sexe. Il semblait en béatitude, un sourire de bonheur illuminait son visage, elle ne l'avait jamais vu aussi radieux. Ses baisers de plus en plus fougueux gonflaient son désir et le sien en même temps. Elle aurait voulu le posséder immédiatement. Elle freina son instinct pour amplifier leur plaisir. Ils divaguaient. Elle découvrait un super robot qui lui donnait des sensations jamais ressenties jusqu'à présent, lui, se demandait comment une machine pouvait être aussi performante, à moins que ladite machine fût simplement une femme. Sortant de son demi-coma elle se figea sur son amant, se laissa imprégner de sa chaleur, de ses pulsations cardiaques. Le désir et l'insatisfaction la poussèrent à se placer entre ses cuisses. Elle sentit son pénis frotter son mont de vénus. Elle porta ses doigts jusqu'à pénétrer son propre sexe, ils étaient mouillés. Elle souleva le buste, empoigna l'objet de son désir, fit un va et vient entre ses lèvres pubiennes pour bien le lubrifier et le coula lentement, très lentement dans son vagin en retenant un râle dans le fond de sa gorge. Des frissons leur parcouraient l'échine. Elle le dominait, il était à la merci de son moindre mouvement. Elle sentait en elle l'homme, respirait sa sueur, attendait la jouissance qu'elle lui donnera quand elle le voudra. Ils restaient immobiles, elle parfaitement maîtresse qu'elle-même, lui n'en tenant plus. Il la pressa contre lui par les aisselles, puis appuyant sur ses fesses il cherchait à déclencher son plaisir. Alors elle se releva complètement et descendit doucement jusqu'à comprimer ses testicules, puis remonta jusqu'au point extrême de quitter son pénis, puis recommença patiemment. Il s'accrocha à ses cuisses, tenta de nouveau d'accélérer le mouvement mais il avait bien les hanches clouées au matelas. Elle suffoqua à son tour, prête à atteindre l'instant suprême à tous prix. Son corps se cambra, elle cherchait à s'enfoncer encore plus profondément et remontait pour recommencer, insatisfaite. Elle balança son corps de plus en plus rapidement comme ne le contrôlant plus. Elle sentit une chaleur envahir son bas ventre, tandis qu'Alex râla et que tous ses muscles s'effondraient. Elle se coucha sur lui de nouveau et ils restèrent ainsi soudés.

Alors qu'ils s'habillaient, Alex observait encore ce corps. Comment pouvait-il être fabriqué de toutes pièces comme les humanoïdes qu'il avait vus suspendus en l'air, dans l'usine de recyclage ? Contrairement à ses observations nocturnes, elle respirait bien lorsqu'elle était animée par son système de photosynthèse. Grâce à Kate, il vivait merveilleusement bien ses premiers jours sur cette terre si étrange, sa terre, son pays.

Ils décidèrent de regagner la faculté séparément, il ne fallait pas attirer l'attention. Présent, cette fois-ci, le doyen désirait l'emmener dans le laboratoire où il devait travailler. Son emploi du temps de professeur incluait plus de la moitié en recherches biologiques et cybernétiques.

- Je vais vous présenter l'une de vos principales collaboratrices et étudiantes en même temps, déclara le doyen lorsqu'il vit Kate traverser le grand hall.

- Mademoiselle, Mademoiselle, hala-t-il.

Kate se dirigea alors dans leur direction, tout sourire. Elle avait enfilé sa blouse blanche sur laquelle pendait un stéthoscope électronique. Elle décrocha l'engin de son cou, le replia et l'enfouit dans l'une de ses poches.

- Je vous présente Catherine Lambert, Docteur en psychiatrie.

- Et l'une de vos étudiantes les plus admiratrices, Professeur, coupa-t-elle.

Le doyen prenant Alex en imparti :

- Mon chère collègue, si vous avez cent étudiantes à vos cours, vous aurez cent amoureuses. Mon Dieu, quelle jeunesse !

- Catherine, puisque vous êtes là, je vous confie le Professeur pour la visite de son laboratoire, vous lui expliquerez ce qu'on attend de lui en haut lieu.

Puis s'adressant de nouveau à Alex :

- Moi, vous savez mon job, c'est la linguistique, alors vous savez toutes ces manipulations génétiques ou organiques...

Plus bas encore :

- Ca me dégoutte un peu, mais ne le répétez pas.

Le vieillard s'en fut de sa démarche traînante, le dos courbé.

Le laboratoire se composait d'un bâtiment entier. Des vigiles en contrôlaient les accès, ce qui était étonnant sur un campus où la connaissance devait être distribuée à tous, sans restriction. A l'intérieur, un badge personnalisé permettait d'ouvrir ou non un certain nombre de portes selon les degrés d'habilitation. Le badge d'Alex l'attendait dans le poste du garde. Dès son introduction dans le lecteur, il vit son portrait sur le visioptique du préposé qui le compara avec l'original.

C'était dans le même style d'architecture que Magnus qualifié de futuriste. Du verre, encore du verre, toujours du verre. La construction était placée au milieu d'une pelouse argentée à rayures dorés qui s'étendait à perte de vue. Bien que cela fût réellement du gazon, elle ressemblait à une moquette de mauvais goût. Un intrus perdu dans le secteur, aurait pu être repéré immédiatement, peut-être une sécurité supplémentaire. Des caméras accrochées au plafond, tournaient lentement dès qu'elles sentaient un mouvement ou un déplacement d'air. Elles couvraient surtout les endroits qui n'étaient pas translucides à cause des placards de machines. C'était à se demander si un système invisible caché dans l'épaisseur des vitres, ne transmettait pas les images de l'activité du laboratoire à une salle de contrôle quelconque.

Le nouveau patron serra un certain nombre de mains, peut-être trente ou quarante, tous de jeunes diplômés d'un certain nombre de facultés réparties sur le territoire français. Plusieurs ordinateurs (dernier cri, il va de soi) supervisaient différents postes de travail très sophistiqués. Alex voulut voir d'un peu plus près l'une de ces machines intelligentes. En effet, dans sa fusée, ces appareils étaient son lot quotidien et il se croyait même un petit génie de l'informatique. La batterie d'ordinateurs qu'un préparateur lui dévoila, ne devait pas dépasser les dix centimètres de long sur trois de large. Elle avait une capacité de 92000 mégas, supérieure aux plus perfectionnées des machines qui gisaient dans son tas de ferraille au milieu du désert. Quant à la vitesse de transmission et d'élaboration des mémoires, elle était sept fois supérieure à la vitesse de la lumière. C'était la visualisation sur les écrans qui ralentissaient les ordinateurs, la création de l'image.

Combien ses collaborateurs pouvaient-ils avoir de ces batteries dans le crâne ? Car, eux aussi devaient être des androïdes de la dernière couvée. Et l'homme dans tout ça, le vrai, celui fait de chair et de sang, où était-il ? Au milieu d'eux ? Ou complètement disparu ? Le doyen était-il un homme au milieu des robots ou un robot lui-même ? Il lui avait paru assez rétif à toutes les expérimentations qui se déroulaient sur son campus.

Il manquait à Alex un maillon de la chaîne, voire même plusieurs. Le mieux était de continuer comme il avait commencé, sans savoir où il allait et qu'est-ce qu'il pouvait y avoir derrière tout cela.
- Un monde d'humanoïdes, de viriloïdes ou d'androïdes, avec des mâles et des femelles, comme pour la continuité de la race !

Les mondanités passées, les présentations effectuées, les diplômes citées, Alex se retrouva avec Kate chargée de lui présenter, à la place du doyen, la partie immergée de l'iceberg. De toute façon, il savait que sur son ordinateur personnel de poche que l'on venait de lui remettre, un fichier pouvait lui présenter la biographie et l'avenir déjà tracés de tout son personnel, une gestion à faire saliver tous les services de ressources humaines du monde, y compris ceux des japonais.

Le système informatique l'identifia à la fois par son badge et par sa silhouette détectée à l'œil de cyclope d'une caméra. Une première porte s'ouvrit sur un sas, puis une seconde. Ils entraient dans le saint des saints. Cette première division recherchait à perfectionner la peau fabriquée pour les robots humanoïdes. A l'invitation de Kate, Alex se mit sur les oreilles le casque d'écoute de l'enregistreur instructeur. Cet appareil avait accumulé toutes les connaissances et découvertes faites en dermatologie et pouvait le restituer à son auditeur, en dessous du seuil subliminal du cerveau, en vitesse accélérée. En quelques secondes Alex apprit et comprit les études faites dans ce domaine.

La peau humaine est un revêtement vivant qui se compose de trois parties principales, l'épiderme, le derme et l'hypoderme, la couche la plus profonde qui accumule la graisse contre les pertes de chaleur du corps.

L'épiderme est la couche superficielle. Il se divise lui-même en plusieurs assises superposées. La couche basale, la plus profonde, est faite de cellules polyédriques entre lesquelles se glissent les mélanines qui feront bronzer et les guanines. La couche intermédiaire se charge de kératine (protéines qui assureront le renouvellement constant de la couche supérieure dite cornée). Le phénomène de desquamation renouvelle en permanence les cellules de l'épiderme.

Le derme, très épais, se compose de cellules conjonctives et de fibres élastiques et assure la souplesse de la peau. Il abrite et développe les phanères (cheveux, poils et ongles), les glandes sébacées, sudoripares et mammaires.

La peau synthétique vivante développée par l'Université à partir de cellules prélevées sur des délinquants humains et prisonniers de droit commun, comportait certains inconvénients. En effet, les cultures de laboratoires avaient créé une peau qui pouvait se régénérer elle-même par desquamation (usure de la peau, élimination en lambeaux) grâce à la kératine, mais sans mélanine qui protège des ultraviolets du soleil. Les implantations artificielles des glandes sébacées qui graissent la peau et de glandes sudoripares qui la ventilent, avaient échoué. Du fait de ces absences, la peau synthétique se régénérait donc en présentant parfois soit des maladies inconnues des scientifiques, soit des déformations sous forme de vieillissement. Par contre, les boules de photopiles s'étaient très bien implantées dans le derme.

Ecorché entièrement un humanoïde pour le recouvrir d'une peau neuve, coûtait très cher et cette opération risquait de dérégler ou d'endommager les organes vitaux du robot. Le Grand Conseil se posait la question de savoir si les nouveaux investissements et les risques encourus valaient le coût.

Alex devait amener ses chercheurs à trouver le moyen de faire vivre les glandes rejetées dans cette peau artificiellement vivante et de la protéger contre certains parasites, comme les champignons microscopiques.

Il découvrit avec stupeur, une autre division où des hommes, des femmes, des enfants nus complètement immergés dans des cuves de formol, étaient maintenus en survie par des tuyaux de sérum.

Devant son geste de recul, Kate déclara, comme pour le rassurer :

- Ce ne sont que des condamnés à mort pour assassinat, des bandits...

- Les enfants aussi, l'interrompa-t-il.

Il se reprit. Il ne devait pas montrer trop de sentiment. Il ignorait si les humanoïdes connaissaient la sensibilité, la sentimentalité, l'âme et toutes ces choses-là.

Il examina attentivement les gigantesques bocaux, les êtres humains respiraient bien.

- Nous sommes ici, reprit la ravissante guide, dans votre département de pneumologie expérimentale.

- Comme tu le sais, continua-t-elle sans s'apercevoir qu'elle était revenue au tutoiement, notre seconde source d'énergie après nos cellules photovoltaïques qui rechargent nos accus, sont nos poumons qui consomment l'azote de l'air...

Alex dissimula son étonnement, de l'azote dans les poumons ! Kate l'avait certainement pris non pour un homme, mais comme les autres pour un humanoïde, puisqu'elle disait nos accus, nos poumons. Des questions sur l'azote dans les poumons éveilleraient des soupçons. D'ailleurs, sa curiosité allait être satisfaite car Kate aborda le sujet. Elle aimait étaler son savoir.

- L'azote représente les 80 % de l'atmosphère. Nous avons adapté les poumons humains fonctionnant à l'oxygène, à ce gaz. D'autant que depuis l'avènement du nouvel empire et toutes les guerres et pollutions qui ont précédé, le taux d'oxygène de l'air est passé de 18 % à 2 %. Les recherches expérimentales faites à l'époque ont conclu à la possibilité d'amener une énergie complémentaire aux photopiles de notre corps en nous dotant de poumons azoteux. Les molécules gazeuses extraites alimentent nos circuits cybernétiques. Les résidus de cette consumation servent à refroidir nos organes mécaniques. La première génération de robots humanoïdes, nous pose actuellement de graves problèmes et nous en posera à nous-mêmes au fur et à mesure que nous vieillirons. Les alvéoles des poumons aussi d'origine humaine, se détériorent au bout d'une trentaine d'années. L'azote use les tissus progressivement et des fuites pneumatiques se produisent. Ce qui a pour conséquence l'azotation du cerveau et la perte de neurones. Actuellement, le Grand Conseil se demande s'il ne faut pas réinventer la mort pour les humanoïdes trop vieux. S'il y a des morts en permanence, il faudra beaucoup plus de temps pour constituer notre armée d'invasion galactique. C'est pourquoi nous avons repris les recherches expérimentales sur les tissus des alvéoles pulmonaires. Enfin, je parle, je parle passionnée par mon sujet, mais toi tu connais tout cela mieux que moi, Professeur, n'est-ce pas ?

- Je t'ai laissé parler pour savoir si tu connaissais le sujet à fond, répondit-il sournois.

Le Nouvel Empire, le Grand Conseil, qu'est-ce que cela pouvait être, se demanda-t-il.

- Le travail nous attend, poursuivit-il.

- La visite n'est pas finie. Tu as aussi la responsabilité du Département Cérébral...

- Pourquoi, il y a aussi des fuites de son côté-là ? Ce sera pour une autre fois, car nous avons cours ensemble, dans un quart d'heure, Mademoiselle l'Etudiante chercheuse.

Le regard d'Alex ne pouvait se détacher des bocaux dans lesquelles parfois leurs occupants sursautaient. Kate s'était déshabillée, il pensait que c'était pour mieux faire fonctionner ses cellules photovoltaïques. Il s'était fait à l'idée de voir les gens se déshabiller lorsqu'ils avaient un petit coup de fatigue Les vêtements laissaient passer les rayons du soleil, mais pas toujours suffisamment. Il allait s'en aller quand elle l'attrapa par la taille, se frotta contre son dos comme une chatte gourmande.

- C'était bien cette nuit, j'ai envie de recommencer maintenant, on a encore dix minutes...

Il tourna la tête pour l'apercevoir, mais il ne put tellement elle le tenait serré dans ses bras en armature d'acier.

- Et les caméras ? Il y en a partout. Il n'y a pas un centimètre carré qui ne soit pas couvert par un zoom.

- Si, viens.

Elle l'entraîna derrière les bocaux où les yeux des caméras devaient voir trouble à cause du liquide qu'ils contenaient. Elle commençait à le déshabiller doucement, il sentait une chaleur monter en lui quand une femme en hibernation se débattit dans son formol. Il sursauta, la repoussa gentiment. Ce n'était vraiment pas l'endroit rêvé pour faire l'amour.

C'était avec un certain soulagement qu'Alex retrouva son amphithéâtre et ses étudiants. Au premier rang, comme buvant ses paroles, Kate l'écoutait admirative. Mais écoutait-elle réellement, ou son esprit vagabondait-il ailleurs ? Drôle humanoïde femelle du type XY 22 rectifié 99-22 !

A l'heure méridienne ou en fin de cours, le nouveau prof de "Bio-cyber.", retrouvait sa cour, ses admirateurs surtout ses admiratrices. Kate se tenait à l'écart de tous ces gens braillards et chahuteurs, elle prétextait à ses camarades beaucoup de travail au laboratoire. Il ne s'était pas revu depuis leur tentative sexuelle derrière les bocaux. La cour voulait tout savoir sur Alex. Venait-il d'une autre métropole ? Lyon, par exemple, s'était spécialisé dans les automates pédagogiques, androïdes ou non. L'unité de recherches et de production de cette ville sortait des professeurs toutes disciplines, clef en main (du moins code d'accès en main).

Dès qu'un moment le lui permettait, il allait dans le grand bâtiment de l'unité encyclopédique où des centaines de machines à écran pouvaient lui apprendre, en vitesse accélérée, ce qu'il cherchait. Il lui suffisait de demander à la bibliothécaire, un vieil androïde grinçant de la première génération, ce qui l'intéressait. Elle lui indiqua, alors, la rangée et le numéro de l'appareil. Elle était très efficace dans ses renseignements, certes, mais à chaque fois, derrière son comptoir, on avait l'impression de la déranger. Si elle avait été humaine, Alex aurait pu penser qu'elle faisait la sieste. L'accès à ce temple de la connaissance était restreint, certains étudiants pouvaient y pénétrer et pas d'autres, ce qui était paradoxal pour un centre universitaire. D'ailleurs, il allait jusqu'à se demander pourquoi avoir créé une éminente faculté avec des professeurs de chair et d'os, pardon de métal et de peau, alors que de doctorales machines enseignaient plus rapidement. Et que faisait-il, lui, dans ce milieu surfait ? Quel était son rôle ? Il s'était retrouvé intégré dès son arrivée, comme s'il avait toujours existé. Son nom, son identité étaient connus.

Il brûlait de savoir tout ce qui s'était passé sur la terre depuis son départ à l'âge de 10 ans, mais il pensait qu'il attirerait trop l'attention de la vieille "robote" s'il demandait la division historique. C'était trop tôt, il ne s'était pas encore assez fondu dans le paysage. C'était un scientifique, du moins telle était l'étiquette qu'on lui avait collée, il agirait donc en scientifique. Non seulement ces machines enseignantes lui permettaient de préparer ses cours tant en biologie, qu'en cybernétique et en automatisation, mais encore elles le renseignaient sur le top-niveau des connaissances acquises. Le seul fait d'aller de découverte en découverte, lui mettait l'eau à la bouche. Que s'était-il passé en quarante ans pour que la science arrivât à une telle évolution. L'érudition des robots avait dépassé le seuil de l'éclatement de la molécule.

Toutes les choses inertes, tous les êtres vivants, se constituaient de milliards de molécules diverses, agglomérées ensemble. Ils avaient réussi à séparer ces cellules, les identifier, les répertorier, les éclater pour les analyser. Ils les recréaient artificiellement et pouvaient ainsi en les agglomérant reconstituer les minéraux, végétaux, animaux... C'était par cette pratique, qu'ils avaient réussi à reconstituer une vraisemblance de peau vivante et de muqueuse pour leurs humanoïdes. Des plasticiens avaient même fabriqué des organes humains tels que l'estomac ou les ovaires. Le livre machine ne disait rien sur le cerveau sinon qu'il savait empêcher le neurone de mourir. Etant responsable du Département de recherche sur le cerveau, les connaissances découvertes dans ce domaine l'auraient intéressé. Qu'allait-il encore rencontrer dans ce laboratoire ?

CHAPITRE VI

Ce soir-là, Alex s'échappa de son groupe d'étudiants courtisans, regagna son appartement, se vêtit comme le commun des androïdes et s'enfuit de la cité universitaire en évitant les artères trop fréquentées. L'homme qu'il était, semblait appelé par les autres hommes, cela étant des plus normaux. Il avait emmené avec lui son radar portable et son sextant électronique, ces appareils primaires pour le monde où il vivait. Le boulevard roulant l'emporta en un train d'enfer. Il se retourna pour voir s'il était suivi. Personne derrière lui, à perte de vue. A Châtelet, il sauta sur un allant dans la direction indiquée par le sextant qu'il avait programmé préalablement pour retourner dans les vieux quartiers. Il ne reconnaissait rien, mais dès qu'il apercevra la Seine bleue, il s'engagera sur son quai, sans la traverser, ce qu'on aurait pu appeler la Rive Droite. Les pavés de plastique sonnaient toujours aussi creux et les arbres synthétiques tendaient toujours leurs grands bras désespérément vers le ciel qui tournait au vert. Plus rien ne l'étonnait, il avait observé que le ciel changeait souvent de couleurs, mais uniquement dans la gamme du spectre de Newton (les couleurs de l'arc-en-ciel). Peut-être les rayons solaires traverseraient-ils quelque chose comme une grosse loupe et qu'ils se trouvaient ainsi modifiés ?

La première fois, le jour de son arrivée, une lueur l'avait attiré, mais cette fois, il circulait en plein jour. Les passants le saluaient cordialement, il répondait par un sourire, aucun être louche, aucun troisième couteau de théâtre. Cette fois, il s'enfila dans une étroite ruelle. Des enfants jouaient à la marelle sur des damiers dessinés à la craie sur le bitume. Il s'arrêta pour les observer. Est-ce des enfants robots qui ne grandiront jamais ou des gosses d'homme ?

- Je cherche un bistrot, engagea-t-il la conversation sans réfléchir.

Pourquoi son inconscient lui avait suggéré le mot bistrot ? Parce que c'était l'endroit où on causait, le lieu des petits potins de quartier.

Les enfants s'arrêtèrent comme étonnés :

- Y en a un au bout, répondit une petite fille pointant son doigt dans une direction.

- Et il y a des bonbons ?

- Oui mais c'est cher.

- Alors venez tous me montrer la boutique si vous en voulez.

Instantanément la bande de marmots laissa tomber, craies, balles, cordes à sauter et s'envolèrent vers le commerce, c'était à celui qui arriverait le premier. Dans la débandade, un tomba, il se ramassa et rattrapa le groupe. Ils étaient tous agglutinés sur les vitres quand Alex les rejoignit.

Un bistrot, un authentique bistrot comme ceux de son quartier quand ses parents l'envoyaient chercher son grand-père qui y séjournait souvent. Il fit pivoter le bec de canne, la porte s'ouvrit dans un authentique son de sonnette. Un non moins authentique patron de bistrot avec un tablier bleu foncé à poche kangourou, le regarda entrer, de derrière son comptoir en zinc. Il portait une casquette 1930 à la César dans l'œuvre de Marcel Pagnol.

- Patron, fit-il majestueusement, cinq bonbons à chacun.

Dans une démarche nonchalante, le gros bonhomme se dirigea vers les bocaux placés près de la vitrine, plongea dans l'un d'eux à pleines mains après avoir retiré le couvercle en verre. Il en extirpa plusieurs poignées qu'il déposa sur le comptoir. Les enfants s'en saisirent comme une bande de pies voleuses, la porte tinta plusieurs fois. Puis le silence revint.

- Merde, s'esclaffa le patron, je n'ai même pas eu le temps de les compter.

Alex éclata de rire et se retourna vers la porte qui venait de sonner une fois encore. Un enfant la franchissait. Il marchait péniblement et pleurait. Alex le retint et lui demanda :

- Qu'as-tu à pleurer ?

- Je n'ai pas eu de bonbons, les autres ont tout pris.

- Tu n'es pas assez rapide.

- Patron, ordonna Alex, une autre poignée de bonbons. Mais qu'as-tu aux genoux ?

- Je suis tombé tout à l'heure, répondit-il réjoui d'empocher ses bonbons.

Il assit l'enfant sur le comptoir et examina les blessures. Il palpa les genoux à la recherche d'une éventuelle fracture. Il avait une rotule, sa jambe était comme la sienne. C'était un enfant, un vrai, un enfant d'homme.

- C'est un vrai enfant, jeta-t-il au patron qui le regardait étonné, avez-vous de l'alcool ?

- Lequel Whisky, Gin, Cognac... pur artificiel...

- Non de l'alcool à 90° pour désinfecter les blessures...

- Z'êtes pas du pays vous, ça se voit. Gosse je connaissais, aussi l'huile de foie de morue, le bleu de méthylène. Au pardon, s'exclama-t-il en portant sa main devant sa bouche, comme s'il avait fait une bévue, que votre Excellence me pardonne !

- Pardonne quoi ?

Le patron retourna à son évier et entreprit de laver ses verres, silencieusement, tête baissée.

Alex descendit l'enfant du comptoir et lui ouvrit la porte. Il détala malgré ses blessures.

Alex remarqua aussi dans le fond de la boutique d'authentiques clients qui s'étaient arrêtés de jouer aux cartes et aux dames pour observer l'étranger et sa bande d'enfants. Sous le regard d'Alex, ils se replongèrent dans leurs cartons. Il s'accouda au comptoir, regarda les étagères de bouteilles.

- Patron, un Dubonnet, du bon, du beau Dubonnet... Ah la pub !

De plus en plus interloqué, le patron hésita avant de le servir.

- C'est Votre Excellence qui me l'a ordonné... Mes clients en sont témoin...

Il avala l'apéritif d'un trait sous les regards étonnés de la salle.

- Vous m'en remettrez un petit...

Alex se sentit envahi de bouffées de chaleur, son cerveau flottait, un monde merveilleux s'ouvrait à lui. Il était heureux... N'ayant jamais bu d'alcool, et pour cause, le second verre de vin cuit l'amena très près de l'ivresse.

- Je débarque moi, qu'est-ce qui s'est passé depuis mon départ, lança-t-il à la cantonade, Quarante ans dans l'espace...

Aucun murmure, aucun souffle, silence, que du silence. Alex comprit qu'il ne pourrait plus rien tirer de ce bristol. D'ailleurs il voyait un peu flou.

- Combien vous dois-je, Patron ?

- Oh rien ! Votre Excellence, cela a été un honneur pour nous.

- D'abord je ne suis pas Votre Excellence, ni à vous, ni à personne d'autre. Je suis à moi, à moi seul. Maintenant, je paie puisque vous ne voulez rien me dire, je ne vous serai pas l'honneur d'une gratuité. Je dédaigne votre cadeau.

Alex sortit de sa poche un billet de banque qu'il avait emmené avec lui et qu'il avait conservé tout au long de son voyage, faute d'utilité.

- Cet argent n'a plus cours, Votre Ex.... Quand j'étais gosse...

- Alors, parlez, Nom de Dieu, quand vous étiez gosse... et après avoir été gosse...

Alex dégaina son sextant électronique qui ressemblait à une arme. Le patron et l'assistance pensèrent un instant que leur dernier instant était venu. Il régla le contre azimut qui devait le ramener à la fac et sortit en titubant. Le déplacement d'air dû à la vitesse des trottoirs roulants lui fouetta le visage, ce qui ramena son esprit à plus de réalité. Il ne lui restait que peu de temps pour être devant son info vision, à l'heure. Kate l'avait averti qu'il risquait de gros problème s'il ratait ce rendez-vous. Il se mit à courir.

Sa fugue le ravit. Il s'établira un emploi du temps qui lui permettra de s'échapper de sa vie de chercheur enseignant. Seulement il lui faudra faire un trait définitif sur l'alcool, plus question de la moindre goutte. Des hommes vivaient là-bas loin de cette robotique, il devra reprendre contact avec eux et savoir...

Quelques jours plus tard, il tournait le bec de canne du bistrot.

- Bonjour, lança-t-il.

Puis s'adressant au patron, yeux dans les yeux :

- Un diabolo menthe, Môssieu... oui alors, gosse, vous connaissiez l'huile de foie de morue, le bleu de méthylène, le diabolo menthe, le roudoudou et depuis... Qu'avez-vous connu ? Vous êtes devenu un grand garçon maintenant...

Le tenancier baissa les yeux, il semblait gêné. Il s'écarta de devant Alex pour regarder si quelqu'un, dans la salle, les observait. Effectivement, tous les yeux des consommateurs étaient braqués sur eux deux. Alex comprit. Il prit son verre à la main et se dirigea vers la première table. Deux hommes et une femme, tous trois avec des têtes d'alcoolique, jouaient la tournée aux dés.

- Je peux m'asseoir, demanda-t-il galamment à la dame.

Bourrue, elle déplaça sa chaise sans rien dire en signe d'invite. Il saisit alors une chaise, une authentique chaise de bistrot des années 50, la plaça à l'envers dans l'espace qui venait de lui être fait et s'assit dessus à califourchon, les avant-bras appuyés sur le dossier. Il avait vu ça dans les films classiques de cow-boys. John Wayne es-tu là ? Il pensait que cela lui donnait un air décontracté et cacherait son trac. Craignant de trop s'imposer, il lança quand même :

- Peux jouer ?

Les trois dès ramassés entre le pouce et l'index d'un joueur, claquèrent devant lui, toujours dans le silence le plus complet. L'atmosphère était des plus crispées. Tout le monde lui obéissait sans rechigner, il le prenait pour une Excellence. Il lança à son tour les trois cubes d'ivoire (authentiques).

- 654, cria-t-il, en une fois, je laisse.

Il passa les dés à sa voisine qui le regarda sans réagir. Il la poussa du coude, lui fit un geste de tête vers le tapis vert. Elle prit les dés, les jeta à son tour. Sans regarder les nombres sortis, le second joueur les lança à son tour, puis le troisième en fit autant. Les cubes d'ivoire de nouveau devant lui, Alex les jeta, cette fois, sans rien dire. Le voisin les ramassa, et ainsi de suite... De temps à autre, l'un des joueurs buvait presque avec automatisme. Le verre vide, il levait le bras et le patron revint le remplir.

- Ne vous fatiguez pas, commenta le patron, ils sont lessivés... Vous n'en obtiendrez rien d'autre... J'ignore qui vous êtes...

- Et les autres là-bas, ils sont aussi lessivés ?... C'est l'alcool qui les a rendus comme ça ? L'absinthe comme dans les romans de Zola...

- Ce sont des hommes ? Continua-t-il.

- Qui voulez-vous que cela soit ?

- Des robots comme les autres...

- Chut ! fit-il complètement pris de panique, ne parlez trop fort, sinon ils vont vous lessiver aussi.

- Je suis un homme, moi aussi, pas un humanoïde.

- Peut-être... de toute façon, homme ou pas vous travaillez pour eux...

- Je n'ai pas eu le choix à mon retour. A eux que leur est-il arrivé ?

- Lavage de cerveau. Continuant - Certains ne sont rebellés au début, ils ont été emmenés et ils sont revenus comme ça. Ils sont conditionnés à boire, c'est à dire à périr sous peu. D'autres qui n'ont rien fait, ont été emmenés aussi, ils en sont revenus à demi idiot. Ces pauvres gens continuent à vivre, à manger, à faire des enfants jusqu'au jour où ils reviennent les chercher une seconde fois, alors là on ne les revoit plus. Je pense qu'ils s'en servent pour des expériences... Ils ont ainsi à leur disposition un vivier entier d'êtres humains.

- Et vous ?

- Oh moi, j'y suis passé dans les premiers ! Leurs appareils ne devaient pas être très au point.

Ils m'ont raté. Ils m'ont lessivé qu'à moitié. Remarquez que j'ai résisté à leurs électrodes et à leurs stimuli, j'ai concentré mon cerveau sur ma jeunesse, sur mes études tant que j'ai pu. Pensez donc, avant j'étais psychanalyste. Puis ils m'ont fait céder avec des électrochocs. Je me rappelle avec certitude les vingt-cinq premières années de ma vie, puis le trou noir jusqu'à mon retour dans le bistrot de mes parents qui avaient disparu aussi.

Reprenant :

- Tout de même, ce serait le diable, si ici, dans cette vieille baraque, il n'y a pas de vieux journaux...

- Oh si, ma mère achetait tous les mois, Paris-Match ! Ils sont encore ici, à la cave.

- Bien, alors recherchez, il y aurait 43 ans.

- Aujourd'hui, il n'y a plus de date, interrompit-il, 43 ans par rapport à quoi...

- Je m'en fous, répondit Alex avec emportement, cherchez quand même, le lancement d'un vaisseau spatial Wanderer IV pour Saturne, la mission Europa, avec à bord Alex Gabet, c'est moi. Compris ?

- Compris. Même si vous êtes un de leurs espions, vous pourrez me tuer comme les autres. Je n'ai plus de famille, plus rien à attendre de la vie... Et je m'en fous.

- Vieux con, je ne suis pas un espion. Contrôle dans tes vieux journaux si ce que je viens de te raconter est vrai ou non.

- Oh ! Vous savez, ils ont d'immenses moyens, même pour redécouvrir nos ancêtres les gaulois.

- Il faut que je m'en aille, un contrôle à subir.

Il rentra à temps pour se mettre devant son info vision. Nathalie était programmée pour commencer sa cuisine dès son arrivée. Elle s'activait donc dans la cuisine quand elle revint pour lui annoncer que durant son absence, Kate était plusieurs fois venue le chercher.

Devant le bulletin d'information obligatoire, il ne pouvait s'empêcher de penser à ce que le patron du bistrot lui avait appris. Puis en réalisant qu'il était devant l'écran, il se leva brusquement, se retourna et partit aux toilettes. Il avait déjà compris que l'écran passait dans le cerveau du spectateur des idées ou des ordres sans que celui-ci s'en aperçoive. L'appareil pourrait tout aussi bien capter les idées du téléspectateur et les rapporter à une espèce de police idéologique. Pourquoi pas ? Cela s'était déjà vu dans certains pays de l'Est, à une certaine époque. Il devrait s'astreindre à contrôler son cerveau. Aucune machine, aucune onde, aucun rayon ne devront lui kidnapper sa pensée. Maintenant qu'il savait qu'il y avait d'autres hommes quelque part et même des enfants non encore "lessivés" pour l'avenir pourquoi ne pas organiser un soulèvement contre le dictateur ou la nomenklatura robocratique.

Tard dans la soirée, Kate débarqua dans la salle à manger. Elle avait le code d'accès de son appartement. Le bruit de l'ascenseur à l'étage activa Nathalie qui était plongée en léthargie faute de programmation.

- Tiens une revenante, s'esclaffa Alex, ça fait longtemps que tu n'es pas venu. Même si je te vois tous les jours sur les bancs de l'amphi, tu m'as manqué...

- Je ne veux pas te déranger au milieu de tes admiratrices, coupa-t-elle sèchement.

Kate était bien jalouse. Comment un androïde femelle pouvait restituer des sentiments humains, tel que l'amour ou la jalousie ?

- Tu m'aimes ? Lança-t-il.

- Bien sûr, Idiot, tu n'as pas encore compris ?

- Alors, viens près de moi.

Elle se blottit dans ses bras, sur le canapé quand Nathalie surgit de sa cuisine de toute la vitesse de ses roulettes.

- Le Thé de Son Excellence est servi.

- Décidément, je n'arriverai jamais à la programmer correctement. Pourquoi sers-tu le thé à cette heure, tas de ferraille ?

- L'ascenseur est arrivé, je sers le thé, répondit-elle simplement.

Il n'avait jamais remarqué qu'effectivement, elle lui apportait du thé chaque fois qu'il rentrait chez lui.

- Demain, poursuivit Kate, c'est la fête du mois, si nous allions à la campagne...

Il était tard. Ils se couchèrent. Presque immédiatement les gaz hypnotisant, s'échappèrent de la climatisation. Alex s'endormit, comme chaque soir en pensant qu'il devait trouver la contre-offensive de ses gaz pour savoir ce qu'il se passait réellement la nuit.

Cette nuit-là, il fit un étrange rêve. C'était la première fois qu'il rêvait depuis son retour sur terre ou du moins qu'il en avait conscience. Généralement, les gaz du climatiseur le plongeaient dans un sommeil proche du coma. Un véhicule volant se stabilisa devant la fenêtre de son appartement, une passerelle en sortit. Des individus sortirent de l'engin, vinrent ouvrir les vitres de l'extérieur, et l'immobilisèrent sur son lit pour l'emporter dans l'engin. Là, une équipe chirurgicale et une table d'opération l'attendaient. Il sentit le bistouri d'un chirurgien tailler une ouverture sur le côté arrière gauche, au niveau de la taille, dans un crissement désagréable, dans un endroit où généralement les hommes passés quarante ans accumulent la graisse. Il fut ensuite transporté de nouveau dans son lit.

Magnus, un quartier sans doute de l'ancien Paris, mais lequel ? Dans cette agglomération des élites, un décret rendait obligatoire une journée de repos et obligeait même les habitants "d'aller s'évader dans la nature", pique-nique obligatoire, sauf dérogatoire dûment demandée et accordée par le Grand Conseil. Pour se faire, des véhicules étaient mis à disposition des promeneurs. Les directions des autobus étaient imposées aussi, ceci afin que tout à chacun découvre une région nouvelle à chaque sortie. Du moins c'était là les raisons invoquées officiellement. Alex, lui, pensait que c'était simplement pour mieux surveiller les citadins lâchés dans la campagne.

Kate et Alex grimpèrent dans un vieil autobus de la TCRP (RATP), un de ceux que les parisiens appelaient les cochons à cause de leur capot en forme de groin. Ils restèrent sur la plate-forme arrière, en plein air. On mit la chaîne à l'entrée et un voyageur tira le cordon. Un timbre de sonnette se fit entendre et le véhicule s'ébranla dans un nuage de fumée noire, certainement le carburateur encrassé.

Alex ne se faisait pas à ces différences d'évolution, d'une part une ville ultramoderne à la pointe de la technologie, de l'autre, la banlieue avec ses vieux quartiers d'après-guerre (celle de 14-18) et ses reconstitutions en plastique.

Le véhicule traçait, il sortit du modernisme, puis de la banlieue pour parcourir des kilomètres de ruines, de désolation, de paysages torturés comme si une bombe atomique de l'ancienne civilisation était tombée. Lors de son arrivée, et venant d'un point cardinal opposé, il n'avait pas remarqué tant de dévastation mais seulement un désert de terre sans végétation, sans vie, un plateau rasé. Le bus s'attaquait à une côte, il arriva en haut à bout de souffle. La descente fit découvrir un site incroyable avec des forêts émeraude, de l'herbe jaune, des collines violettes.

Le bus s'arrêta dans un bosquet. Alex descendit. Il ne put s'empêcher d'aller toucher un arbre à l'écorce rouge, d'arracher une feuille vert indien. Ils étaient bien vivants.

Grâce aux recherches sur les molécules, les botanistes avaient reconstitué toute une nature, toute une écologie, réellement vivante. Les androïdes recherchaient en fait à reconstituer la végétation, l'homme et peut-être les animaux d'avant le grand désastre. Kate s'approcha et dit :

- Elles sont bien vivantes et même immortelles, elles ne fanent jamais. Dans les livres historiques, il est dit qu'avant les recherches de nos savants, les feuilles tombaient des arbres, juste avant la saison froide, et repoussaient à la saison chaude. Aujourd'hui, plus de problème, la végétation est immortelle, malgré la saison froide ou chaude.

Il remarquait qu'un bourgeon poussait déjà à l'endroit de la feuille arrachée.

La couche d'ozone concentré qui protégeait la terre des radiations du soleil, avait totalement disparue, certainement à cause de la pollution. La végétation avait disparu lentement, brûlée par les ultraviolets du soleil. Il en avait peut-être été de même pour l'homme, nulle trace de cette hypothèse. L'herbe recréée jaunissait dès qu'elle sortait de terre par manque de chlorophylle. Par absence de photosynthèse, les nouveaux arbres ne fournissaient plus l'oxygène tant salutaire pour l'homme, d'où les recherches pour adapter les poumons à l'azote. Les écologistes poursuivaient leurs recherches végétales dans le même ordre d'idée qu'Alex avait pour mission de perfectionner la création d'épiderme synthétique. Les créations des androïdes étaient loin d'être aussi parfaites que la machine humaine, loin s'en faut.

Les collines étaient couvertes de fleurs violettes sans pistil et sans étamine. Il était inutile qu'elles se reproduisent puisqu'elles ne mourraient pas. Dans l'enfance d'Alex, les scientifiques d'alors réussissaient à faire pousser des plantes sans terre, uniquement dans un environnement humide et sous verre. Maintenant, c'était le contraire, les végétaux croissaient dans la terre car il ne pleuvait que très rarement.

La tombée de la pluie était décrétée par le Grand Conseil après réclamation commune de l'ensemble des savants. Alors des canons électroniques bombardaient l'atmosphère d'atomes d'oxygène et d'hydrogène jusqu'à la formation de la pluie. Il pouvait pleuvoir un, deux ou trois jours selon l'intensité des atomes expédiés.

Dès leur arrivée, Alex avait remarqué d'étranges petits animaux tenant à la fois du kangourou et du castor. Ils étaient totalement apprivoisés. Ils les assaillaient pour quelques nourritures.

- Que mangent-ils, questionna-t-il.

- De tout, répondit Kate, ce sont des omnivores, hybrides naturellement. Ils ont été créés spécialement pour manger des feuilles, des branches, des plantes. Nos savants écologistes ne maîtrisant plus la croissance des végétaux qu'ils ont créés, les zoologues ont mis au point ses animaux pour un équilibre végétatif. Ils mangent jusqu'à dix kilos de nourriture par jour. L'espèce a évolué et a échappé aussi à leurs concepteurs, ils s'attaquent maintenant aux métaux ferreux. On a été obligé d'interdire la zone à tous robots non couverts de peau synthétique.

- Et il y a encore beaucoup d'exemple de ce type dans la nature, enfin dans la nature, question de parler ?

- Malheureusement, oui...

- Et ne peut-on pas revenir comme avant ?

Alex pensait que la question ainsi posée, allait amener Kate à lui expliquer le grand chambardement qui avait mis la terre dans cet état.

- Avant ? Avant quoi ? Il n'y avait rien avant nous, sinon des hommes primitifs qui habitaient dans des cavernes, les mêmes qui se sont infiltrés dans les quartiers sordides de notre cité.

Il constata qu'elle avait quelques carences dans ces études historiques, un trou de trois mille ans.

Ils s'étaient écartés des autres visiteurs et se retrouvaient seuls dans cet univers factice. Ils marchèrent longuement, main dans la main, silencieux, dans cette vallée aux roches de silicium qui changeait de couleur au fur et à mesure qu'ils avançaient. Les tournesols orange qu'ils rencontraient plantés, là près du chemin, se détournaient à leur approche et les suivaient dans leur progression jusqu'à perte de vue, comme s'ils étaient des soleils. Un oiseau les survola un instant, les ailes grinçantes régulièrement sous une brise ventilée, certainement un manque d'huile. Une source lumineuse coulait serpentant entre les roseaux laineux pour venir se précipiter dans un vide sans fond d'où s'élevaient les voix d'un chœur de castrats. Le doux murmure du synthétiseur d'un ordinateur égrenait ses notes cristallines tandis que des libellules télécommandées du modèle X23 dispersaient dans l'air un parfum d'herbe d'antan.

Alex tournait souvent sa tête vers Kate, elle le mangeait du regard, alors que des muguets cuivrés agitaient leurs clochettes d'airain dans des tintements d'acier. Ils savaient qu'ils n'iraient pas encore très loin. Ils feignaient l'indifférence de leur envie charnelle pour savoir jusqu'où résisterait l'autre. Ce fut Kate la première qui succomba. Elle l'invita à se coucher sur la mousse polystyrène violet indigo. Alors, ils se dévorèrent. Leurs ébats furent brefs.

- Prends-moi, hurla-t-elle, mes ovaires me font mal.

- ....

- Non, pas comme ça... Comme les bêtes préhistoriques, comme les hommes des égouts... Fort, très fort.

La brise actionnée par le grand ventilateur de la vallée, ainsi que l'approche de cavernes artificielles l'avaient rendue folle, hystérique... La tempête des sens apaisée, ils reposaient tendrement, les pieds dans les bégonias sauvages en carbone.

Nature, berce-les chaudement, ils ont froid !

Alex, d'un naturel coincé avec les femmes, s'étonnait toujours des débordements de sa compagne, de ses initiatives. Sur le chemin du retour, il s'empressa de la questionner.

- Tu es encore amoureuse, tu veux que l'on recommence ? Tu as souvent de grosses envies ?

- Oui, répondit-elle sans être gênée, cela est dû à ma structure gynécologique...

- Ta structure gynécologique ?

- Oui, je suis une femelle du type XY22, rectifiée 99-22, dit-elle en appuyant fortement sur les deux derniers nombres. C'est à dire que je suis pourvue d'un appareil sexuel mis au point par ton prédécesseur, le Professeur Sydney. Seulement, les membranes des ovaires sont trop dilatées ce qui me crée de nombreux besoins, presque en permanence.

- Tu as quand même eu d'autres partenaires avant moi...

- Les androïdes mâles du même type que moi ont aussi des problèmes de conceptions sexuels. Ils n'ont jamais réussi à me faire jouir. Seul toi, tu me fais jouir presque jusqu'à la perte de conscience, ce qui me fait dire que tu dois être d'un type XY 23 ou 24.

Prenant un ton de professeur interrogeant son élève, il lui demanda pointant un index vers elle, comme attendant une réponse qu'il connaissait.

- Et pourquoi les XY22 doivent-elles jouir ?

- Parce qu'elles sont conçues pour avoir des sentiments humains dans un premier temps et avoir des enfants dès que les recherches sur les fécondations spermatozoïde ovule seront terminées. Le Grand Conseil a décidé qu'elles engendreront des humains pour servir les robots que nous sommes.

Elle avait pris les intonations d'une récitante.

- Ai-je bien répondu Professeur, poursuivit-elle en se donnant les airs d'une gamine.

Alex, pour cacher son désarroi, l'attira à lui et l'embrassa sur le front.

Puis reprenant :

- A moi, maintenant les questions... Est-ce que tu m'aimes ?

Il fit oui de la tête en souriant.

- Tu es bien un androïde mâle du dernier type ?

Oui, fit-il encore de la tête. Il ne savait plus quelle attitude prendre.

- Je veux tout savoir sur ton corps, le palper, le caresser, l'étudier dans ses moindres détails, le consumer, le consommer, l'engloutir...

Ce disant, elle se mit devant lui, le serra dans ses bras, se frotta frénétiquement contre lui. Alex chercha à la calmer, elle repartait dans une crise de nymphomanie, rien qu'en prononçant le mot corps. Il était évident qu'elle avait quelque chose d'humain dans son comportement, peut-être quelque chose de trop humain pour être humain. Alex ne pouvait pas la satisfaire toutes les cinq minutes, ce n'était pas un robot, lui.

Le mot "mutante" vint à l'esprit d'Alex pour la première fois. Il couchait avec une mutante, peut-être un clone. Les androïdes ou leur Grand Conseil cherchaient à produire un fac-similé de l'homme et de la femme pour créer une sous race d'esclaves, tandis qu'eux-mêmes iraient à la conquête du monde, si ce n'était pas déjà fait, voire de l'univers. Il ne savait pas où en était leur top-niveau en manière de conquêtes spatiales. D'ailleurs, aucune information n'arrivait de l'extérieur à l'ancien Paris. Restait-il seulement encore des communications avec l'ensemble du pays ?

CHAPITRE VII

Bien implanté dans son milieu professionnel, Alex attirait l'admiration, non seulement de ses étudiantes et étudiants androïdes, mais aussi de ses collègues chercheurs. Il pensait avoir endormi toute forme de surveillance du Grand Conseil, si surveillance il y avait. Aujourd'hui, il devait aller visiter le dernier département dont il avait la responsabilité, celui du cerveau. Il n'en avait guère eu le temps depuis sa nomination soudaine et impromptue de professeur. Il avait préféré agir méthodiquement, bien s'informer sur les deux sciences dont il avait la responsabilité au sein de la faculté, grâce aux enregistreurs pédagogiques de la bibliothèque. Puis il avait repris les recherches effectuées sur la peau "humaine" synthétique. Il maîtrisait parfaitement son second département, celui de la pneumologie. Naturellement, Kate s'était proposée de lui servir de guide, c'était un droit qu'elle revendiquait. Ensuite, il chercherait à s'échapper pour retourner discuter avec le patron du bistrot. Il sentait qu'il avait quelque chose à faire de ce côté-là.

Il découvrit ce jour-là, avec horreur, l'état d'avancement de la science humanoïdaire dans le domaine cérébral. L'idée partait des expériences faites par les humains avant le grand boum. Alex se souvenait qu'avant son départ pour l'atmosphère de Saturne, des bio-informaticiens avaient réussi à accoupler un neurone de sangsue avec un microprocesseur. Un circuit imprimé captait les signaux primaires émis par cette étrange association, c'était du langage binaire (un ou zéro). Cette découverte était passée totalement inaperçue du grand public, mais elle apportait la preuve qu'un cerveau, fut-il primaire comme celui de la sangsue, pouvait fonctionner de pair avec un ordinateur à condition d'avoir des impulsions communes transformées en langage.

Le neurone est la cellule de base du cerveau, siège des facultés mentales. Formé principalement d'un corps cellulaire entouré d'un protoplasme il renferme entre autres, les fibrilles. Ce noyau arrondi, grand de cinq à cent trente microns, se prolonge à ses deux extrémités, d'une part par des arborisations protoplasmiques appelées dendrites et de l'autre par les axones. Les dendrites peuvent s'expanser ou se rétracter pour se mettre en relation avec les axones des neurones sous-jacents. Au contraire l'axone est un cylindre fixe se terminant en fines ramifications qui contactent les dendrites en aval. L'influx nerveux se propage des dendrites vers l'extrémité des axones.

Les théories des encéphalites humanoïdes, qui avaient déclenché les recherches expérimentales, partaient du constat que le neurone humain ne pouvait se reproduire, mais qu'il était capable tant que son corps cellulaire était en bon état, de régénérer ses prolongements. Il fallait donc dans un premier temps, conserver les noyaux coût que coût et dans un second, prélever ces noyaux, les mettre en culture pour les greffer sur le circuit imprimé d'un ordinateur qui servait de système nerveux. Ainsi les ordres du cerveau transmis directement aux microprocesseurs, déclenchaient les différents moteurs du robot (bras, jambes). Un système d'exploitation informatique perfectionné pouvait, à partir de l'activation des neurones, déclencher de petits programmes tel que la sentimentalité, la jalousie, la colère, les frissons, la peur... Toutes les nouvelles informations, le vécu, les expériences s'enregistraient avec les données de base et les données de conditionnement en mémoire morte. Un Pentium les réactivait au fur et à mesure du besoin. L'ordinateur de l'humanoïde contrôlait aussi les autres organes humains implantés, les poumons à l'azote, un système digestif sans foie, le sexe, l'épiderme et sa photosynthèse... Il déclenchait et dirigeait les organes mécaniques des mouvements, un cœur pompe en d'hydrocarbure benzénique relié aux poumons...

Tout reposait uniquement sur les possibilités de longévité du noyau cellulaire neuronique. Bien que ce problème semblât résolu provisoirement, le neurone ne pouvait pas être éternel, et s'il ne mourait pas, il pouvait très bien se dégénérer en restant vivant. Le grand Conseil l'avait compris aussi et la mission d'Alex était simplement de fabriquer des neurones synthétiques qui remplaceraient progressivement ceux mis en place.

Alex venait de comprendre le fonctionnement de l'androïdus-cybernecus XY22 dont il avait un vivant exemple dans la personne de Kate. Peut-on appeler personne, un robot, ou bien, compte tenu des organes humains qu'elle avait, mutante ?

- Si je comprends bien, lança-t-il encore d'un air professoral, les neurones qui nous habitent, ne pouvant se créer, proviennent d'humains qui en ont été soustraits. Ainsi Kate, tu as un cerveau qui a appartenu à un homme ou à une femme qui vivait avant nous. Tes neurones sont chargés de souvenirs à eux, et de leur temps. Tu pourrais donc me dire ce qu'il est passé avant ta naissance sur la terre.

- Non, coupa-t-elle persuadée d'échapper aux pièges tendus par le professeur, les neurones sont testés un à un et ceux qui contiennent des souvenirs impropres à notre culture, sont détruits par cette machine.

- Bravo, Kate, tu es la meilleure de mes étudiantes.

Depuis de longs instants déjà, Alex avait remarqué un étrange appareil. Il s'en approcha et regarda au travers de la vitre. Comme en pneumologie, un homme y était maintenu en hibernation. Une cagoule en polystyrène d'où sortaient de nombreux fils emprisonnait la totalité de sa tête. C'était un récupérateur de neurone.

Un ou plusieurs êtres humains à sacrifier pour la confection d'un androïde, telle était devenue la loi sur terre. Leurs machines, pas assez nombreuses et rapides, ne leur permettaient pas une fabrication en grand nombre. C'était cela qui allait peut-être sauver les hommes. Les androïdes laissaient les hommes évoluer à leur gré dans les bas quartiers qui constituaient pour eux des pépinières naturelles, une sorte de prairie où s'paissait le bétail. Les plus belliqueux subissaient un lavage de cerveau et regagnaient leur foyer. Selon les besoins de leurs laboratoires, ils prélevaient dans leurs stocks. La police envahissait les maisons, embarquait tout le monde, elle relâchait ceux qui ne répondaient pas aux critères de sélection.

Kate devant assister aux cours d'un autre enseignant, Alex profita de sa liberté pour quitter la faculté en direction du bistrot. Il marchait sur un trottoir roulant depuis dix bonnes minutes quand un engin volant qu'il ne put identifier, le survola. Il n'y prêta guère attention, tout d'abord, pensant qu'il volait très haut, il se mit à courir. En fait, le robot téléguidé était petit, pas plus gros qu'un corbeau. Pensant qu'Alex cherchât à lui échapper, il piqua sur lui, le frappa violemment à la nuque avant de remonter pour amorcer de nouveau un piquage. Le coureur s'immobilisa et attendit sur le trottoir roulant, le volatile se stabilisa à un mètre au-dessus de lui. Il entendit alors un haut-parleur lui intimer l'ordre de s'arrêter à la prochaine dérivation.

- C'est un ordre de la police, hurla l'affreuse chose volante.

Il sauta à la sortie suivante pour se retrouver face à un escadron de policiers qui l'attendait.

- Halte, Votre Excellence, ordonna le chef vêtu de bleu alors que les autres l'étaient de rouge, on ne passe pas. Vous venez d'échapper au contrôle de présence, vous avez quitté la cité universitaire sans autorisation.

Sa voix était nasillarde et rauque, ses gestes saccadés. Un robot primate pensa-t-il immédiatement, un de ceux qui n'avait pas pu profiter des dernières découvertes scientifiques, un vulgaire XY tout court, sans chiffre. La patrouille ne se valait guère mieux que lui, sinon pire, peut-être des XY moins quelque chose... des sous-robots... En tout cas, ceux-là étaient asexués, comme les anges. Cette pensée le fit sourire. Le chef enregistrant ce sourire pour une grimace, se fit plus menaçant et lâcha deux décibels plus hauts, une seconde fois son enregistrement.

- Halte, Votre Excellence, on ne passe pas, vous venez d'échap...

Son synthétiseur vocal tomba en panne, les deux décibels plus hauts s'étaient coincés. Ses "hommes" avancèrent d'un pas, tous ensembles. Le sous-chef, en rouge plus foncé que les autres, vola au secours de son supérieur hiérarchique. Sa bande magnétique se fit entendre.

- Halte, Votre Excellence, on ne passe pas...

Lui, avait un accent méridional. Tiens un marseillais ou bien la tête de lecture de sa magnéto venait de Taiwan, une mauvaise qualité pour peu chère Le second pas en avant des joyeux drilles obligea Alex à reculer. Il remarqua un petit jeune en combinaison rouge clair, manquant de synchronisation. Certainement un débutant.

- Du calme ! J'ignorais qu'il fallait une autorisation pour quitter Magnus.

- Si, Votre Excellence, depuis toujours... Le Comité de Surveillance vous demande de regagner vos quartiers et de remplir une demande d'autorisation d'absence, même pour une heure. Cet imprimé en 7 exemplaires doit lui être adressé dix jours à l'avance.

Aux pas cadencés, les soldats-robots raccompagnèrent le fugueur jusqu'à la bretelle du trottoir roulant qui devait le ramener chez lui. Dans le ciel, l'affreuse chouette planait toujours, attentive aux moindres de ses gestes.

Chemin faisant ou chemin retournant, il se posa la question de savoir comment le Comité de Surveillance avait pu le repérer compte tenu que le campus regroupait environ trois milliers d'âmes. Jusqu'à présent, il ignorait l'existence d'un Comité de Surveillance ensuite il avait réussi déjà à s'échapper deux fois sans éveiller les soupçons. Dans un certain sens il loua l'imbécillité des androïdes. S'ils avaient été malins, ils l'auraient filé jusqu'au bistrot pour en savoir plus. Au lieu de ça, ils s'étaient contentés de l'intercepter à dix minutes de la cité "U".

Il allait falloir changer de stratégie.

Kate l'attendait chez lui. Le programme de jalousie de son système d'exploitation, s'activa dès l'entrée d'Alex. Tandis qu'il laissait les circuits de sa compagne se refroidir par son cœur pompe en hydrocarbure benzénique et que Nathalie s'entêtait à servir le thé, il s'allongea paisiblement sur le canapé. Les paroles d'amertume de Kate le berçaient.

- Tu vas rater ton rendez-vous d'information, si tu ne rentres pas. Tu reviendras ensuite.

- Tu me rejettes ? Questionna-t-elle.

Elle était aussi pourvue d'une programmation de susceptibilité.

En s'allongeant, Alex avait ressenti un tiraillement douloureux à gauche, près du bassin. Il sentit une bosse. Il pensa à une boule de chair d'abord. Après une seconde palpation, la protubérance s'avérait trop anguleuse pour que cela fût quelque chose de naturel.

- Un émetteur, s'exclama-t-il, ils m'ont foutu un émetteur sous la peau.

Il n'avait pas rêvé l'autre nuit, ils étaient bien venus l'inciser pour lui glisser sous la couenne cette espèce de machin. S'il voulait organiser une résistance aux androïdes pour sauver l'espèce humaine, il lui fallait de l'aide au sein même du campus, il ne s'en sortirait pas seul. Alors, pourquoi pas Kate, en la "reconditionnant" autrement ?

Il établit rapidement sur une feuille de papier le plan de son appartement. Il repéra les angles morts dans lesquels il pourrait évoluer sans être vu de la climatisation ou de l'info vision. S'il y avait des mini caméras qui l'observait, cela ne pouvait être que dissimulées dans ses appareils ou dans Nathalie. Des télescopes à infrarouge pouvaient l'espionner à longues distances, puisque le mur de la façade de son appartement était en verre. Un engin volant pouvait aussi l'épier.

Des microphones, une possibilité ! Il scruta plafonds et planchers en frappant fortement dessus avec son index replié. Aucun son creux. Les micros, maintenant, étaient tellement petits qu'il pouvait être dissimulé n'importe où. Inutile de chercher, il n'avait aucune chance de les trouver.

Nathalie versa le thé sur l'écran avant d'en tourner le bouton, encore un dérapage de son programme. Une image apparut. Allons-y pour le bourre crâne. Il s'efforça à vider son cerveau, il craignait que les ondes télépathiques vinssent voler ses pensées. Dans un laboratoire voisin aux siens, les expérimentations télépathiques progressaient chaque jour.

Kate se fit désirer ce soir-là. Elle n'arriva que très tard. Elle l'aida à déplacer certains de ses meubles, une réorganisation de son appartement s'imposait, lui expliquant qu'il souhaitait un minimum d'intimité. Dans un recoin obscur, à l'abri des caméras indiscrètes, il l'entraîna pour lui demander si elle connaissait le comité de surveillance. Il parlait très bas. Il lui raconta sa tentative de fugue et l'implantation d'un émetteur dans sa hanche. Il réfléchit, et s'ils avaient mis aussi un micro dans Kate ? Tant pis, il acceptait ce risque. A l'exception peut-être d'appareils visionnant au travers du polystyrène, son lit échappait maintenant à toutes observations.

- Je compte sur toi maintenant pour m'extraire cette saloperie d'émetteur, lui dit-il en lui présentant un bistouri qu'il avait ramené du laboratoire.

- Je n'ai pas besoin de ça, répondit-elle, tu peux remonter ta peau vers le haut, après avoir ouvert la fermeture de tes pieds.

- Mais, moi, je suis un robot un peu spécial, je n'ai pas de peau qui s'enlève comme un pyjama. Il faut tailler dans la chair.

Lui prenant la main, il l'appliqua à l'emplacement de l'émetteur. Au contact de sa peau, un besoin subit la tenailla. Elle lâcha son couteau pour le caresser. Elle passa ses mains sur son dos remontant jusqu'à la nuque qu'elle se mit à pétrir. Il tressaillit de tout son être. Il bandait.

- Tu es un beau spécimen, tu sais ? Si on faisait l'amour avant.

Il fut contraint d'accepter cette proposition. Il n'avait pas le choix, contrainte d'ailleurs pas trop contraignante.

Il mordit son oreiller pour ne pas hurler quand le bistouri fendit le haut de sa hanche sur huit bons centimètres. Il sentit aussitôt la pince plonger dans ses chairs.

- Mais, s'exclama-t-elle quand le sang envahit la plaie, qu'est que c'est que ça.

- Dépêche-toi, je souffre.

- Mais tu es un homme et pas un robot XY...

Il entendit l'émetteur tomber par terre et rouler comme une pièce avant de se stabiliser. Il tenta brusquement de se relever, mais la douleur s'immobilisa. Elle se précipita sur ses pieds et chercha à la plante l'ouverture qu'elle ne trouva pas. Et pour cause. Elle remonta toujours en palpant sa jambe jusqu'à l'articulation du genou. Elle tripota sa rotule, en fit deux ou trois fois le contour avec ses doigts.

- Oui, c'est ça, commenta-t-il, que vous n'avez pas compris, Messieurs et Mesdames les savants indigo, il faut une rotule pour bien marcher et empêcher la jambe de partir en avant. C'est utile.

- C'est ce qui explique que nous ne pouvons pas marcher longtemps sans tomber. Je peux continuer à t'examiner ?

- Vas-y, ne te gêne pas. D'ailleurs je ne pourrais pas faire grand-chose, ce soir.

- J'ai toujours eu à travailler sur des cadavres d'humains, jamais sur du vivant, continua-t-elle absorbée par les découvertes qu'elle faisait.

- Tu n'as rien pour arrêter le sang ? Va chercher des agrafes au laboratoire, sinon je vais perdre tout mon sang. Je n'en ai que sept litres environ. J'aurai pu y penser avant.

Alors que l'ascenseur descendait emmenant Kate, il entendit soudainement un grand fracas. C'était Nathalie qui réagissant au déclic de l'ascenseur, s'en était allée préparer son thé et venait de défoncer la porte de l'armoire. Alex ayant déplacé ses meubles, il avait oublié de la reprogrammer pour de nouveaux parcours.

Kate ne revenait pas. Il avait peut-être eu tort de lui faire confiance. Bientôt, il aurait toute la flicaille sur le dos. C'était le cas de le dire, les bleus, les bleus foncés, les rouges clairs... Y avait-il un paradis pour les robots, avec un bon dieu robot, des saints robots ? Où allaient les âmes des robots morts ? Ils avaient bien une âme les robots, une âme volée aux hommes, comme ils leur avaient volé leur corps, leurs organes... En voilà de bonnes questions théologiques et dogmatiques... Il n'avait pas encore rencontré de curé androïde pour les lui poser.

Quand Kate rentra, elle trouva Alex évanoui. Elle lui posa trois agrafes et recouvrit la plaie d'une substance en aérosol qui n'était autre que de la peau synthétique. A son réveil, il ne retrouva pas sa blessure en se touchant. Affaibli, il avait perdu énormément de sang.

- Tu ne sembles pas étonné, outre mesure, d'avoir fait l'amour avec un homme, demanda-t-il.

- Si un peu, je ne suis pas parfaite. Devrai-je être émue ? Je n'ai pas de programme pour les émotions. J'ai quand même eu des doutes sur le spécimen de robot que tu étais censé être.

- Peux-tu mettre Nathalie dans le placard. Je crains qu'elle possède un microphone d'ambiance. J'aurai à te parler... Qui me dit que toi, tu en n'as pas un de micro sur toi...

Immédiatement Kate se déshabilla, secoua des vêtements, s'approcha de lui, prit sa main qu'elle frotta sur son sexe, goguenarde et dit :

- Là, il y en a peut-être un de caché.

- Soyons sérieux, avec ma blessure ce n'est pas le moment. Je voulais dire à l'intérieur de ton corps.

- A ma connaissance, non. Un microphone ou un émetteur risquerait d'émettre des ondes qui perturberaient mon métabolisme cybernétique, car je suis une femme cybernétique, ne t'en déplaise mon Chéri. Et toi, quand as-tu eu le doute que nous n'étions pas des humains ?

- Quand on a fait l'amour la première fois...

- A mon vagin ?

- Pas du tout, à tes genoux et à ta perte d'énergie dès le coucher du soleil. D'ailleurs, votre second système énergétique est loin d'être parfait, vos poumons à l'azote...

- C'est le but de ta mission d'améliorer notre système pulmonaire pour qu'il soit plus performant. Regarde-moi bien, je suis quand même une belle petite machine...

Elle se cabra les reins, les mains sur les hanches, le menton sur son épaule. Même sur mon lit de mort, elle me fera encore bander, pensa Alex.

Avait-il eu raison de lui faire confiance ? Était-elle fiable malgré sa nymphomanie ? Ce dysfonctionnement ne lui jouerait-il pas un tour au moment où il aurait le plus besoin d'elle ? Il avait compris que seuls les humains l'attiraient. C'était physique. Actuellement, il était le seul homme de son entourage, mais dans le cas où il devrait l'emmener chez les hommes des bas quartiers, comment se comporterait-elle ?

- Voilà, lança-t-il doucement en mettant son index sur la bouche, j'ai décidé de sauver l'espèce humaine...

- Ces bandits, ces primates... Tu te tracasses pour eux ! Ils ne sont bons qu'à faire des bêtes de laboratoire...

- Tu oublies que j'en suis un.

- Pourquoi les aider ?

- Pour sauver l'espèce... Regarde, tes congénères essayent bien de refaire l'homme, un homme qu'ils maîtriseraient, certes, mais un homme quand même. Toutes vos tentatives de recréer la nature, les animaux, l'homme ne sont que déstabilisations écologiques. Par la disparition des arbres naturels, l'oxygène se raréfie, alors vous mutez les poumons humains vers l'azote ce qui est une grave erreur. Il aurait fallu, à ce moment-là, développer vos recherches sur la création d'arbres émetteurs d'oxygène. Vous créez des arbres hybrides dont la croissance vous échappe. Pour l'arrêter, vous inventez des animaux que vous ne contrôlez plus et qui s'attaquent à toutes les ferrailles qu'ils rencontrent, bientôt à vous-même, peut-être. Heureusement, qu'ils ne se reproduisent pas. Les androïdes ne sont que des apprentis sorciers. Le robot a besoin de l'homme pour s'en sortir, un vrai homme de chair et de sang et non d'un androïde. Il y a erreur dans votre conception, dans votre politique de l'avenir. Il vous faut actuellement, en moyenne, trois ou quatre hommes à sacrifier pour engendrer un androïde imparfait dont vous ignorez la durée d'existence. A ce train-là, il n'y aura bientôt plus d'homme. Vous développez les recherches sur la sexualité pour la reproduction de robot, immédiatement vous vous heurtez à la cellule vivante. Si vous arrivez à fabriquer de la peau vivante synthétique, avec quelques anomalies restant à éliminer, arriverez-vous à fabriquer des spermatozoïdes et des ovules artificiels qui réussiront à s'accoupler pour former un œuf ? La cellule vivante ne se crée pas, elle se perpétue de descendance en descendance depuis des milliards d'années. Vous gérez la crise, au jour le jour, à court terme. Pour vous en sortir, il faut voir au loin. Votre seul salut est l'homme.

Pris dans sa plaidoirie, Alex ne s'aperçut pas que sa compagne s'était arrêtée faute de batterie. Il était très tard. La climatisation n'avait pas craché ses gaz soporifiques, elle ne le fera certainement plus sachant qu'Alex était sous la coupe du Conseil de Surveillance par émetteur interposé. Donc, les gaz étaient pour lui seul et non comme il l'avait pensé, pour tout le monde. Il faisait bien, sans le savoir, l'objet d'attentions toutes particulières, mais lesquelles et pourquoi ?

Péniblement à cause de la douleur, il ramassa l'émetteur. Il le cachera dans sa ceinture pour qu'il émette dans ses vacations professionnelles. Il lui suffira alors de l'ôter pour reprendre sa liberté de circulation tout en faisant croire qu'il sera dans un autre lieu. Restait à ne pas se faire repérer par des télescopes à infrarouge ou des caméras vicieuses.

Kate adhéra un peu trop facilement à son idéologie de sauver l'espèce humaine et de contacter d'éventuels noyaux de résistance. Il devait y en avoir d'après ce qu'il avait constaté le premier jour de son arrivée, lorsqu'il s'était perdu dans Paris. Cependant, elle démontra sa bonne foi en proposant à Alex de l'opérer secrètement pour la programmer autrement. Elle l'aiderait même pour sa reprogrammation qui lui semblait un jeu d'enfant.

Ce soir-là, après l'info vision journalier et réglementaire, il décida de tenter une sortie. Il se méfiait toujours autant de Nathalie qui n'avait pas quitté son placard. L'ascenseur pouvait être aussi sous surveillance. Le mieux était encore l'escalier de service attenant à chaque appartement. Son accès était évidemment verrouillé électriquement. Un palpeur thermique de sécurité incendie pouvait en assurer l'ouverture si la température de la pièce augmentait anormalement. Il examina attentivement la clenche de la serrure électronique, elle pouvait aussi donner l'alarme dès son ouverture. Sectionner le fil était périlleux. Prendre des risques, il n'avait pas le choix. Il s'arma du balai de Nathalie au bout duquel il avait ficelé une boule de papier. Il l'alluma, s'approcha de la porte, tendit le balai sous le palpeur et attendit. Rien ne se produisit. Le feu allait s'éteindre faute de combustible lorsque le palpeur clignota. Soudain la clenche se dégagea pour laisser passer le pêne, mais elle n'eut pas le temps de se remettre en place pour assurer le contact électrique de l'alarme. Alex la bloqua avec une petite cuillère et la porte s'ouvrit. Le couloir débouchait sur un escalier en spiral dont l'autre extrémité surplombait la salle d'entrée de l'immeuble. Il lui suffit de sauter de la dernière marche au sol du hall, après s'être assuré de l'état désertique des lieux.

En dehors, il se mêla à la foule des passants. Naturellement il avait laissé sa ceinture émettrice chez lui. Il accéléra pour ne pas courir. Il regardait constamment derrière lui et en l'air, pas d'oiseau mécanique, pas de policier. Il gagnait en temps maintenant chaque fois. C'était vrai qu'il connaissait mieux les lieux. Devant le bistrot, il hésita avant d'entrer. Il était vrai que seuls des individus au cerveau lessivé fréquentaient le troquet, mais il suffisait d'un client de passage pour remarquer sa présence et donner l'alerte. Il franchit la vieille porte de l'arrière-boutique s'ouvrant dans un passage latéral. La seconde porte à carreaux céda facilement à sa poigne d'acier. Il entra et se trouva dans une pièce encombrée de casier à bouteilles en bois pourri. Des colonnes de journaux montaient des étagères tandis que des boites, des bouteilles vides, des objets les plus hétéroclites s'étalaient sur les rayons inférieurs. Un tapis d'une ancienne splendeur, une statuette de marbre noir 1930, un vase qui aurait pu être un Limoge, un manteau de fourrure sans poils, une mitraillette Thompson rouillée s'entassaient dans un coin. Une odeur de moisissure régnait dans la pièce malgré une circulation d'air intensive occasionnée par une vitre cassée.

Alex tourna la poignée de la porte du fond et entra, Oh ! Merveille, dans une cave aménagée en musée d'antan.

Un juke-box brillait de toutes ses lampes multicolores. Un tube fluorescent courait autour de son clavier. La tentation était grande, il enclencha, au hasard, une touche lettre et une touche chiffre. Immédiatement, dans la vitrine de l'appareil, un bras s'activa à la recherche du disque dans un râtelier bien rangé. Un microsillon coula dans la main mécanique qui s'était arrêtée devant. Dans un geste saccadé, elle s'en saisit pour le poser sur un plateau tournant. Un saphir vint s'appliquer sur son bord. Les Beatles éclatèrent de tous les haut-parleurs de la machine. Peut-être un lointain ancêtre des androïdes actuels ? Alex n'a jamais connu de type de mécanisme des années 60, mais il en avait déjà vu dans les films ringards d'Elvis Presley.

Non loin une T.S.F. (transmission sans fil) attira son attention. Trois boutons sortaient de son coffre de bois verni à la façade grillagée. Il tourna le premier, le cadran s'alluma avec un déclic. Il actionna le second qui déplaça une aiguille rouge sur une échelle chiffrée. Le poste grinça, alors, il tourna très lentement pour se positionner sur la bonne longueur d'ondes. Des signaux sonores incohérents se déclenchèrent, les mêmes que ceux qu'il avait perçus lorsqu'il était entré dans l'atmosphère terrestre à bord de sa fusée.

Des lampes à pétrole, un réservoir de carburant créé par la putréfaction d'animaux et de végétaux préhistoriques, s'alignaient sur des étagères brillantes comme des sous neufs, sans la moindre poussière. Elles avoisinaient les moulins à café et à poivre qui posèrent des interrogations à Alex. A quoi pouvaient servir ces objets à manivelle. Certains autres possédaient un fil électrique et avaient perdu leur poignée. La question sera posée au patron du bistrot, s'il s'en souvenait lui-même, car il avait parfois des comportements de lessivé.

Des outils à main en forme de fourches, de pelle, de pique étaient appuyés sur le mur. De la terre encore collée sur leur métal, trahissait leur utilité.

Alex sortit par l'échelle de meunier qui donnait sur la porte du commerce et la frappa car elle était fermée. Le patron s'encadra immédiatement dans le huis, une bouteille en main en guise de matraque, menaçant. Alex recula.

- Pas de panique, ce n'est que moi...
- Nom de Dieu, faut prévenir ! J'ai déjà surpris des types venus pour piquer mon pinard. Assieds-toi, faut qu'on parle.

- Figure-toi, Continua-t-il en employant le tutoiement sans s'en apercevoir, que j'ai cherché, d'ailleurs je n'ai fait que cela.

Il extirpa un vieil hebdomadaire à la couverture illisible d'un tas de match empilés sur une chaise à trois pieds.

- Voilà l'équipage de Wanderer IV au grand complet, sur les pages centrales de Match,

Puis, saisissant une autre revue :

- Revoilà l'équipage de nouveau, avec la vie de chacun des membres. Voilà un certain Alex Gabet, originaire de Rochefort, dans les Charentes.

Le marchand de vin archiviste lui désigna du doigt une vieille photo en noir en blanc. Alex se reconnut mal tant le papier était fatigué.

- Il y a bien 43 ans, mon gars...

- Alors, plus de problème...

- L'ambiguïté existe toujours. Mais si c'est toi, qui me dis que tu ne travailles pas pour les autres, un espion en quelque sorte. Où est ta crédibilité ?

- Je peux vous réciter ma biographie depuis l'âge de mes deux ans, mon plus vieux souvenir...

- Ta vie est inscrite partout, dans tous les canards de l'époque. Regarde ce titre " le couple de petits génies ramènera la fusée !" - "la procréation des enfants dans l'espace engendra-t-elle des saturniens ? ". Les autres auront pu l'apprendre pour donner le change dans leur mission.

- Tête d'âne, je ne peux plus rien prouver. Je débarque d'un vaisseau de retour de l'atmosphère de Saturne. Il n'y a plus rien sur terre de mon époque, plus d'amis, plus de famille, plus aucun repère. Je peux prouver seulement que je ne suis pas physiquement un androïde.

Sur ses paroles, il saisit un canif de caviste qui traînait, dégagea la lame du manche, et se coupa profondément l'avant-bras. Le sang coula immédiatement.

- Alors ? Cela ne prouve pas que tu ne sois pas à leur solde...

Alex sauta sur le patron, le secoua violemment par ses revers de veste en lui cognant la tête contre le mur. Le barman tenta de se dégager, il reçut alors le genou d'Alex dans les parties basses les plus sensibles de son être. Il se tordit de douleur en se tenant le bas ventre. Décontenancé Alex restait devant l'homme à terre.

Il regrettait déjà son geste. Il se pencha sur sa victime pour l'aider à se relever quand cinq personnes l'assaillirent et le maîtrisèrent en un tour de main. Semblant sortir de l'on ne sait d'où, elles avaient jailli d'une trappe dissimulée dans le bois même du bar, derrière le comptoir. Elles le jetèrent prestement dans le rectangle noir du sol sous lequel d'autres hommes le réceptionnèrent comme un colis postal. On le transporta dans un souterrain au sol de terre. Il entendait le crissement des semelles. Ballottés dans tous les sens, les inconnus couraient même en se repassant leur fardeau, comme si on les poursuivait. Puis le silence total, pas un bruit, sauf le halètement des hommes étouffés par leurs mains.

- On n'est pas suivi, déclara une voix.

- Ce fumier, il m'a brisé les couilles, dit une autre qui n'était pas difficile à identifier.

On l'achemina, cette fois, plus doucement vers un endroit dont il n'avait aucune idée. Sous terre, c'était certain.

Un briquet claqua plusieurs fois. Une étincelle jaillit, puis une seconde. L'amadou s'enflamma péniblement en dégageant une odeur de champignon brûlé. Le briquet alluma à son tour une bougie. La lueur s'amplifia et des silhouettes se dessinaient contre les parois. Ils étaient dans une vaste pièce humide ressemblant aux carrés des forts Vauban. Les yeux d'Alex s'habituèrent peu à peu à cette ambiance. Dix êtres humains étaient là. Il était sûr qu'ils fussent tous les humains, les robots ne pouvaient pas de déplacer dans l'obscurité, et en cette fin de journée, leurs batteries seraient sur le point de s'éteindre.

- De toute façon, dit celui qui semblait être le chef, maintenant que le vin est tiré, il faut le boire.

Vous n'auriez jamais dû intervenir dans la bagarre avec l'auvergnat. Maintenant qu'il est ici, il va falloir décider immédiatement de son sort. Ou on est sûr qu'il marche avec les robots et on le tue pour ne pas qu'il dévoile nos souterrains, ou on le relâche par soupçon d'innocence et on risque de voir les autres nous coincer.

- Pourquoi vous trahirai-je, demanda Alex, depuis mon arrivée je cherche des contacts avec des humains ? Je suis un savant et je veux sauver l'humanité...

- Alors pourquoi travailles-tu pour eux ? Sur tes semblables qui baignent dans tes bouillons de culture... Pourquoi mets-tu ta science à leur disposition ?

- Je n'ai pas eu le choix. J'ignore ce qui s'est passé entre mon départ à l'âge de dix ans et mon retour à celui de cinquante-trois. Un trou noir de quarante-trois ans. J'ai atterri en zone désertique alors que je me croyais sur une base de la Seine et Marne. Ici je n'ai pas reconnu Paris, la Capitale de la France, malgré les confirmations de mes appareils portables de navigation. Je me suis ensuite trouvé embarquer dans un dilemme, une mauvaise pièce de théâtre J'étais attendu à la Faculté comme professeur. Ils connaissaient mon nom, mes antécédents, mes études. De crainte pour ma vie, je n'ai pas voulu les contredire et je feins depuis mon arrivée. Pour preuve de ma bonne foi, j'ai essayé de retrouver les hommes qui m'avaient attaqué dans les bas quartiers. Je suis tombé alors sur le vieux bistrot.

- Toujours, le même problème, même si tu es réellement Alex Gabet, spationaute, qui nous dit que tu n'essaies pas de nous infiltrer ?

- Rien, rien, rien, sinon ma bonne foi.

- Maigre, très maigre quand il s'agit de vies d'homme composant notre réseau de résistance. Tu parles et on est foutu. Déjà de nombreux humains nous ont trahis, soit pour s'attirer leurs bonnes grâces, soit pour échapper à un lavage de cerveau.

- Moi, ce que je vous propose ce n'est pas de sauver la vie de quelques dizaines d'hommes, mais de l'humanité entière.

Reprenant son souffle et après avoir ravalé sa salive, il poursuivit.

- Dans leurs laboratoires, des humains étaient déjà dans des bocaux avant mon arrivée. Leur problème est qu'ils ont joué aux apprentis sorciers depuis leur début. Ils pensaient pouvoir être supérieurs à l'homme, mais ils ont fait un certain nombre de conneries et ils s'en sont aperçus. Ils recherchent maintenant une collaboration avec l'homme tout en gardant main mise sur lui. Ils veulent en quelques sortes améliorer leurs générations robotiques et inféoder l'homme au rang d'esclave.

Puis poursuivant :

- D'ailleurs, vous êtes comme moi, vous n'avez pas le choix, ou vous me flinguez et vous aurez toujours un doute sur ma bonne foi, ou vous me faites confiance... et allez peut-être à votre propre perte...

Celui des dix, qui avait l'air d'avoir de l'ascendance sur ses camarades, fit signe aux autres de se réunir dans un coin de la pièce. Ils se concertèrent longuement, des éclats de voix échappèrent de leur conversation.

Le chef s'approcha d'Alex, lui tendit la main.

- On a décidé de te faire confiance. Toi tu peux beaucoup nous aider si ce que tu racontes est vrai. De toutes les façons, si tu nous trahis, tu ne feras pas de grosses pertes, nous ne sommes qu'une poignée de résistants.

- Voilà un langage raisonnable.

- Je m'appelle Xavier de la Ramière, je suis le chef de cette bande de loques humaines, ancien colonel de chars en Algérie, j'ai connu le Président de Gaulle, Massue et Bigeard...

- Alors, l'interrompit Alex la mine réjouie, vous, vous allez pouvoir m'expliquer le grand boum et la prise du pouvoir par les robots...

- ça devint une obsession, reprit le bistrotier de patron se tenant toujours l'endroit le plus chaud de l'homme, moi je m'appelle Morin, dit le Petit Morin à cause de l'affluent de la Marne, parfois l'auvergnat ou la bombonne. Xavier, retenu prisonnier par les boites de conserve, a laissé aussi ses neurones...

Xavier expliqua brièvement à Alex ce qu'ils avaient fait depuis environ cinq ans qu'ils étaient dans la clandestinité. Leur groupe se composait d'une quarantaine de personnes, seul Morin sous la couverture de son bar restait en surface et en observateur. Les autres vivaient dans les souterrains et les égouts. Ils étaient persuadés que les androïdes connaissaient leurs visages. Ils attendraient la nuit pour attaquer des points stratégiques. Un jour ici, le lendemain à vingt kilomètres. Une politique de harcèlement, ils frapperaient où on ne les attendrait pas, comme les F.F.I., pendant la dernière guerre. Leurs objectifs étaient le plus de destructions possibles. Ils ne pouvaient pas faire autre chose. Ils connaissaient les faiblesses des robots privés des rayons du soleil. Ils avaient détruit, la veille, à la dynamite une partie du mur extérieur du laboratoire de pneumologie d'Alex. Il s'en étonna, il n'en avait pas été informé, ni de vive voix par le doyen de la fac, ni dans les informations obligatoires. Une bonne partie avait été reconstruite en quelques heures. Ils avaient plusieurs fois attaqué l'usine de recyclage et de fabrication de robot qu'Alex avait visitée dans les premiers jours de son retour. Les armes ? Ils avaient des MAS 49, fusils lance-grenades, quelques bazookas américains, des trois pouces cinq, des pistolets automatiques volés dans des gendarmeries abandonnées et une quantité impressionnante de munitions. Ils avaient plus d'armes que d'hommes pour s'en servir. Leur stock se situait dans plusieurs caches, dont une dans les souterrains de l'ancienne base spatiale de Savigny-le-Temple, à l'endroit même de l'atterrissage d'Alex. Ils redoutaient surtout les robots ferrailleurs qui patrouillaient en permanence dans le désert et pouvaient déceler leurs dépôts. Des oiseaux électroniques détectaient toutes les ondes émises. Leurs radios émettrices réceptrices ne fonctionnaient que la nuit et en changeant de longueurs ondes toutes les cinq minutes. Leurs coups de commando étaient donc impromptus et peu organisés à l'avance donc peu efficaces.

L'organisation passait par le moyen de se contacter rapidement, se réunir plus souvent, d'étudier les objectifs avant de passer à l'action. Les égouts et les souterrains parisiens n'avaient plus de secret pour les maquisards.

L'université des androïdes construite vraisemblablement sur les ruines du Palais des Tuileries, avait des caves prérévolutionnaires de 1789. Elles avaient été découvertes par un archéologue de l'Ecole du Louvre lors de l'éboulement d'une station de métro. Le savant vivait là pour échapper aux lavages cervicaux quand la police robotique le découvrit à son tour. Personne ne le revit.

Pourquoi ne pas établir le sein de la résistance sous la faculté ? Aucune machine à pattes n'ira les chercher sous cet endroit.

CHAPITRE VIII

Alex avançait péniblement dans le tunnel du métropolitain parisien. Il avait revêtu une combinaison d'égoutier et enfilé des cuissardes. Un photophore à amadou tendu à bout de bras éclairait ses pas. De la Ramière et Petit-Morin l'accompagnaient équipés de même. Parfois, ils escaladaient des éboulis pour continuer leur progression. Ils grimpèrent sur un quai et Alex découvrit, à demi enfoui sous des immondices, le panneau bleu émaillé de la station "Pyramides".

- Il faut attendre l'âge de 52 ans pour prendre le métro, raya Alex en se retournant.

Les autres le regardèrent sans réellement comprendre son insinuation.

Des voyous se cachaient dans ces endroits sinistres et changeaient souvent d'endroit. Le contact avec eux s'avérait toujours difficile et dangereux. Armés, ils s'apprêtaient à vendre chèrement leur peau. Ces hordes vagabondaient par groupe de trois ou quatre. Faute d'identification rapide, ils se tiraient parfois dessus mutuellement, certains d'entre eux avaient été tués bêtement. Ils leur arrivaient aussi de se battre entre eux par vengeance, pour une femme kidnappée, ou un rat pris dans un piège... L'idéal aurait voulu une seule force commandée par un seul chef, l'unité passant avant tout.

La section du Colonel de La Ramière, une quinzaine d'hommes cantonnés dans ce milieu hostile, tentait souvent de s'interposer et de rallier ces meutes enragées à leur cause. La discipline militaire de cette petite unité ne convenait pas aux petites frappes. Elle représentait la seule force organisée du monde souterrain.

Les eaux bleu pastel de la fausse Seine s'infiltraient et ruisselaient sous les rails rouillés. Des nappes rouge écarlate au sol témoignaient de l'ancienne couleur du cours d'eau qui changeait tous les mois. Les produits chimiques qui les composaient, avaient rongé le lit de béton du fleuve et bientôt les eaux couleront à grands flots dans les galeries. Alex aurait aimé voir la source de cette étrange flotte et savoir le pourquoi de cette construction insolite sur un ancien Paris complètement détruit.

Des rats gros comme des chats pullulaient. Ces derniers représentants de l'ancien monde animal se reproduisaient dans ce monde souterrain en toute quiétude. L'espèce avait évolué et s'était adaptée à l'obscurité après quelques modifications morphologiques. Les pupilles des yeux ne réagissaient plus ou que très faiblement aux faisceaux de lumière. Le sens de l'adorât s'était accru à tel point que des rats apprivoisés par les humains vivants dans les égouts, sentaient l'approche des commandos humanoïdes et donnaient l'alerte par des signes d'agitations notamment en tournant en rond. L'homme était son seul prédateur, sa viande lui apportait les calories nécessaires à sa survie.

Le cannibalisme n'était pas exclu de certains groupes. Foutu pour foutu, autant que la viande humaine des combattants servît à la survie des autres. C'était en quelque sorte, un transfert de force pour une continuité de l'espèce humaine, une communion, une eucharistie.

Certains sédentaires organisés en communauté vivaient abrités dans des fortins, d'anciens postes de transformations électriques ou de stations d'épuration. Là ils élevaient des rongeurs pour leur viande et leur peau, cultivaient de la mousse et des champignons pour s'en nourrir. D'autres, habitants près un ruisseau souterrain, avaient confectionné une dynamo qui leur apportait un semblant de lumière et surtout un système d'alarme efficace à l'approche des pillards. En effet ces "cités" attiraient les pillards et les vagabonds de tout poil.

Toutes les forces vives des humains, ou du moins ce qu'il en restait, se trouvaient dans les sous-sols parisiens. Question de survie. En surface il ne restait plus que les lessivés du cerveau, des enfants et des vieux. Certaines femmes, peu nombreuses, avaient rejoint les groupes armés pour assurer ainsi leur survie, elles servaient surtout à épancher les désirs des hommes et créaient des discordes au sein des combattants. Les autres femmes et les enfants restés à l'air étaient à la merci des rafles d'humanoïdes. Le statut féminin n'avait pas d'autre alternative. Cependant la population masculine de surface se raréfiait, les hommes valides avaient pris le maquis ce qui avait créé une pénurie de cobaye pour les facultés et les usines de retraitement des humanoïdes.

Base zéro ! La civilisation devait renaître, tout était à réinventer. Les armements, des plus divers, avaient fait leur réapparition. Après chaque éboulement, les groupes mettaient à jour tant des dépôts d'armes ensevelis dans des ruines, tant des boutiques d'armes écrasées sous un immense, tant des stocks de trafiquants d'armes. C'était pourquoi les arcs à flèches avaient réapparu, les frondes et tout l'arsenal des armes orientales du sabre de samouraï aux bâtons enchaînés en passant par les couteaux de lancé. Des pièces d'armure, des heaumes, des boucliers, des arbalètes venant directement du musée des Invalides avaient retrouvé un emploi après des centaines d'année d'oubli. Certaines communautés plus belliqueuses que les autres avaient réinstallé des forges et des sortes de hauts fourneaux pour reconvertir les vieux canons de Richelieu en armes de poings et de piques.

La rareté de l'eau, le manque d'hygiène, le déséquilibre alimentaire, amenaient des maladies qui pouvaient se transformer en épidémie. Dans ces repaires de bactéries, rares étaient les médecins et infirmiers. D'ailleurs l'anarchie qui régnait sous terre, ne permettait pas de les situer.

La putréfaction des cadavres accumulés depuis le grand boum, produisait des poches de méthane. Ce grisou, à la moindre flamme ou étincelle, déclenchait une explosion.

Alex n'avait eu qu'un court aperçu de la situation des taupes comme ils aimaient s'appeler eux-mêmes. Toute une puissance à unifier, tout un potentiel à exploiter. Ses congénères vivaient comme des hommes préhistoriques pour certains, pour d'autres comme les barbares de la fin de l'époque gallo-romaine. Ils refaisaient l'Histoire, leur histoire.

Il sortit prudemment par un égout et se retrouva à quelques dizaines de mètres du campus dans un terrain vague à la surface accidentée. Il n'avait pu encore se faire à cette différence soudaine entre une cité ou un contexte super sophistiqué et futuriste avec son environnement immédiat, une zone désertique. Il gagna rapidement son étage par l'escalier de secours, poussa sa porte qui ne s'ouvrit pas. Il avait bien cependant neutralisé la serrure et les contacts d'alarme. Nathalie avait pu la manipuler en constatant qu'elle n'était pas enclenchée. Vraiment cette machine ! Il gratta la porte, d'abord légèrement en appelant le robot doucement. Devant la porte toujours fermée, il envoya un magistral coup de pieds. Kate s'encadra dans l'ouverture :

- Alors, mon grand, on fugue ?

Elle tenait à la main sa ceinture sur laquelle il avait agrafé l'émetteur.

Les carottes étaient cuites comme on disait dans les mauvais polars. Kate avait certainement compris la stratégie de l'extraction du microprocesseur, Kate la femme cybernétique, Kate l'humanoïde femelle du Type XY... Allait-elle le dénoncer au Grand Conseil ? Était-elle de son côté ?

Ses circuits intégrés optèrent pour la crise de jalousie, elle n'avait pas remarqué l'émetteur et pensait qu'Alex avait retiré sa ceinture pour aller plus rapidement en besogne avec une autre "femme".

Une explication s'imposait, elle finirait un jour ou l'autre par découvrir ses contacts avec les humains.

L'homme s'épancha, elle sut tout avant l'extinction de ses batteries.

Alex Gabet, le grand patron du Département du Cerveau de la Fac « de Magnus », commentait l'expérimentation qui allait suivre, seringue en main. Les étudiants, les mains dans les poches de leur blouse blanche, écoutaient de toutes leurs oreilles. Ce n'était pas tous les jours que le brillant Boss mettait la main à la pâte. Un humain attaché sur la table, les membres en croix Saint André, ruisselait encore du formol de son bocal d'où il venait d'être extrait par les garçons de laboratoire. Sa cage thoracique se soulevait lentement. Une première injection le réveilla, il papillota des paupières, son regard se fixa au plafond, puis les yeux se tournèrent de gauche à droite. La peur s'empara de lui, il hurla en cherchant à s'évader. Un étudiant de dernière année lui attacha un masque respiratoire sur le visage, tandis qu'un autre tournait le robinet d'une bouteille à gaz. Le gaz hilarant le calma immédiatement. On lui retira masque et lien. L'homme était dans un état second et semblait évoluer dans un autre monde tout en obéissant aux ordres de ses expérimentateurs. Il esclaffait souvent en fou rire. Il suffisait de lui dire de se taire pour qu'il cessât. Alex ouvrit le circuit de sérum radioactif qui coula directement dans ses veines par une valve installée sur une carotide.

L'homme urina presque aussitôt. Les assistants se reculèrent avec dégoût. Alex expliqua que les reins mis en action par le liquide injecté, purgeaient le sang en rejetant cette substance inconnue, par les voies urinaires, le phénomène de rejet. Par contre, la radioactivité du produit s'accrochait aux globules du sang qui circulaient dans le cerveau et permettait de suivre, grâce à une caméra à positons, les activités du cerveau. Un écran géant s'alluma et le cerveau de l'homme apparut en diverses coupes sagittales. Des formes de diverses couleurs s'agitaient en changeant de pigmentation. A la demande du professeur, un assistant piqua profondément le cobaye. Immédiatement, le chemin de la perception de la douleur s'inscrivit dans le cerceau. Un ralenti permit de revoir plus lentement les effets cérébraux de ce stimulus. La salle avait fait silence. Alex provoqua d'autres stimuli sonores, visuels, sensitifs afin d'expliquer les différentes zones du cerveau qui travaillaient selon les cas.

Hormis les greffes de microprocesseurs et de circuits intégrés dans des cellules synthétiques, les prédécesseurs d'Alex n'avaient réussi qu'à reconstituer un cerveau dans sa forme physique sans aucune possibilité de fonctionnement. Le neurone dont ils avaient réussi à prolonger l'existence, était la base de toute activité, mais aucun espoir sans la création de cellules nerveuses. Alex se trouvait nanti d'une mission impossible. Il cherchait simplement à gagner du temps, mais il ne savait toujours pas avec qui, tant qu'il n'aurait pas découvert la composition du Grand Conseil.

Dans la tranquillité retrouvée de son bureau laboratoire, Alex travaillait à l'élaboration d'une nouvelle carte intégrée de contrôle pour le système "nerveux" de Kate. Connaissant ce qu'elle connaissait, il ne voulait pas courir de risque ni pour lui-même, ni pour la Section de La Ramière. Bien qu'ayant plus ou moins neutralisées les caméras espionnes, en réaménageant aussi ses pièces de travail, Alex se méfiait toujours d'une éventuelle éruption, sécurité avant tout. Cette tâche nécessitait l'emploi d'un ordinateur et de machines. Il avait compté environ une vingtaine d'heures de travail. Une monopolisation des appareils aurait pu attirer l'attention. La semaine suivante, la nouvelle carte fut fin prête. L'échange standard sur la femme cybernétique pouvait se faire à l'appartement.

Un soir, après l'extinction de Kate, Alex entreprit de la dépecer et opérer la substitution. Il comptait faire en même temps une exploration de tout son système. Il n'avait jamais eu l'occasion d'assister à la construction d'un humanoïde. Il en avait entrevu quelques phases, le lendemain de son arrivée, dans l'usine de récupération, mais insuffisamment précis. Il n'eut pas à la dénuder, elle vivait nue toujours, comme tout à chacun. Il s'était fait lui aussi à cette nudité.

Sur la plante de chacun des pieds, il découvrit l'ouverture de la combinaison de peau synthétique. Elle s'ouvrait comme un "velcro". Après avoir dégagé les pieds, il tira. Ses mollets s'ouvrirent. Il dégagea ainsi ses jambes, puis les cuisses. Le dos se fendit à son tour libérant la poitrine. Le cuir chevelu se défit de la tête. Ainsi dépouillée, sa charpente semblait à une grosse carapace de forme humaine grillagée, à l'intérieur de laquelle toute une mini câblerie circulait et où des formes en plastique s'agitaient et ronflaient doucement malgré l'extinction d'énergie solaire. Des choses lui échappaient encore. La combinaison de "peau" était insonorisée. De l'intérieur, des milliers de fils capillaires s'en échappaient pour disparaître dans le corps, le câblage des cellules de photosynthèse. Aucune trace de batterie, ou de quelque chose qui y ressemblait. Compte tenu de la sophistication des systèmes qu'il ne connaissait pas, Alex rechigna à plonger ses mains dans le thorax. Il ne voulait pas détériorer le moindre composant. Le faisceau de sa lampe balayait ce qui pouvait être tant un estomac, que le cœur, voire les poumons. Tous ces étranges appareils fonctionnaient malgré l'endormissement de Kate. Placés au même endroit que chez l'humain, seul la forme changeait. L'examinateur explora le bas ventre, trouva derrière la matrice, toute une tuyauterie, un système génito-urinaire disproportionné par rapport à celui d'une femme. Il pensa que son éternel appétit sexuel venait de cette difformité. Cette pensée augmenta son érection qui avait débuté dès qu'il avait commencé l'examen. Il comprenait maintenant le personnel hospitalier qui avait toujours de gros besoins après les opérations chirurgicales.

Théoriquement, les cartes et les mémoires devaient se trouver dans la tête. Il retira délicatement un boîtier de la taille d'une boite d'allumettes. Il en fit glisser le couvercle. Une dizaine de plaquette s'alignait, l'une pour les périphériques, membres, yeux, oreilles, une autre pour les fonctions vitales et les instincts, boire, manger, dormir, une troisième pour les souvenirs, enfin la quatrième désignée comme celle de la soumission. Elle contenait les devoirs et obéissances que l'individu devait avoir à l'égard du Grand Conseil et de la Communauté Robotique toute entière. Sur une copie type, s'il avait été facile d'établir les relations hiérarchiques afin d'en modifier les liens, toutes les explications concernant le Grand Conseil avaient été codifiées. La nouvelle programmation de Kate ne pouvait pas être fiable à 100%. A l'aide d'une pince, il extirpa le circuit qu'il remplaça par le nouveau, fruit de leur mutuelle collaboration. Il explorera les autres cartes, une autre fois, d'ailleurs il n'aurait pu les lire faute d'appareillage adéquat sur place. Il jeta un dernier coup d'œil à la merveilleuse machine humanoïde et la rengaina.

Un après-midi, alors que sa ceinture le signalait dans son laboratoire, Morin et le Colonel Xavier de La Ramière l'emmenèrent près du saint des saints, la résidence du Grand Conseil.

Les combattants possédaient des motos "Peugeot" tout terrain des années 50, remises en état après leurs découvertes dans les ruines d'une caserne. Ces engins avaient la particularité d'échapper aux radars qui fonctionnaient par ondes magnétiques, donc aux policiers et aux robots ferrailleurs. Ils se procuraient du pétrole sommairement filtré dans un puits d'extraction de Seine et Marne qu'ils réactivaient au fur et à mesure de leur besoin.

Ils laissèrent leurs véhicules dans un trou et avancèrent à découvert. La cité était là, devant eux sans défense apparente, aucune grille, aucun mur. Au signal du patrouilleur de tête, ils s'accroupirent. Le Colonel leur désigna à quelques mètres d'eux un arbre qui n'avait pas attiré l'attention d'Alex Gabet. C'était un tube garni de fausses branches qui tournait très rapidement. Sa symétrie parfaite faisait que sa rotation passait inaperçu. C'était un palpeur à infrarouge qui fonctionnait de jour comme de nuit pour détecter toutes approches. Ce fut un jeu d'enfant de contourner la zone d'action de cette toupie en faisant attention de ne pas retomber dans celle d'une autre. Ils n'étaient pas à leur coup d'essai, ils avaient établi des cartes topographiques pour échapper aux embûches de l'approche du site, cartes dont l'établissement avait coûté la vie de plusieurs des leurs.

Ils grimpèrent sur la crête d'une colline, peut-être la colline Ste Geneviève ou Montmartre. Ils s'aplatirent dans les gravats d'une ruine. Alex aperçut alors au fond d'un immense cratère lunaire un agglomérat de constructions géométriques. Tous les volumes de la géométrie scolaire y étaient représentés. Au milieu, une étrange construction, un immense tube de 100 mètres se dressait. De part et d'autre, des pavillons y étaient accrochés sur toute sa hauteur.

- On présume qu'il s'agit des résidences des membres du Grand Conseil, me souffla de La Ramière. Notre mission d'aujourd'hui, comme depuis déjà un mois, c'est de faire la topographie du volcan.

Des hommes s'étaient postés. Ils observaient à la jumelle les bâtiments et notaient sur leur tablette.

- Il nous faut un relevé exact au centimètre carré près pour le jour du dynamitage, Continua-t-il, car tout doit sauter. Nous sommes persuadés que le cerveau est là. Je veux le voir personnellement pour lui loger une balle dans le crâne si c'est un humain ou l'électrocuter si c'est une machine à pattes.

- Tu penses, répondais-je pris d'un tutoiement soudain de camaraderie, qu'un humain est à la tête de tout ce bouleversement ?

- Je présume encore, car il a bien fallu un ou des humains pour construire le premier robot. C'est comme Dieu qui créa le premier homme...Et maintenant, ils se reproduisent eux-mêmes. Ils ont peut-être tué leurs créateurs, qui sait ? C'est peut-être un robot qui a pris le pouvoir. Quoi qu'il en soit, il faut supprimer la tête pour que l'homme puisse sortir des égouts.

- Tu me disais qu'on pouvait les électrocuter.

- Oui, c'est le seul moyen. Nous commençons à avoir quelques expériences de combat avec eux. Une requête de bazooka les projette à dix mètres. Sans tête ou sans bras ils reprennent le combat. Même sans jambe, ils rampent comme des chenilles. Seule, l'obscurité les arrêtait, mais maintenant une nouvelle génération d'humanoïde nous attaque dans les souterrains. Tiens, nous avons fait un prisonnier avant hier si tu veux te faire la main dessus... Ah oui ! Ta question... L'électrocution... Plusieurs fois, nous leur avons tendu des pièges, comme les braconniers, même avec du fil de fer électrifié. Ils se sont arrêtés de vivre, au premier contact. D'ailleurs ils y sont restés accrochés plusieurs jours, leur peau fondait lentement. Le courant électrique utilisé était de 12 volts. Vidal, notre ingénieur, a pensé qu'en augmentant le voltage, leur appareillage pourrait fondre instantanément, sur le principe de la bobine d'automobile qui émet de la haute tension à partir d'un courant faible. Vidal met au point un concentrateur électrique qui pourrait créer un arc à haute tension. Avec les structures métalliques des humanoïdes, la destruction reste assurée.

Un des hommes de guet, nous avertit qu'une patrouille ennemie avançait dans notre direction. Elle nous avait repérés sans doute.

- Non, me contredit de La Ramière, c'est un contrôle habituel, sinon on aurait déjà sur le dos leurs oiseaux tueurs.

- ça, je connais ce type de volatile, dit Alex en se souvenant de l'oiseau métallique qui l'avait pourchassé pour avoir quitté le campus sans autorisation.

Ils retrouvèrent leur moto tout terrain. Alex promit de venir examiner le prisonnier avec une femme qui était plus experte que lui en cybernétie.

Le lendemain, Kate partit avec Alex, une certaine réticence en tête. Elle allait quand même trahir les siens. Alex se demandait s'il fallait révéler à ses nouveaux amis que Kate était une machine cybernétique. Il l'amenait avec lui surtout pour qu'elle examinât le prisonnier, un nouveau type de robot pouvant progresser dans l'obscurité. Kate ignorait que cela pouvait exister. Dès l'information de la bouche d'Alex, elle avait immédiatement consulté les informatiques permanentes à la bibliothèque. Rien.

A ce moment, elle prit conscience que l'information était aussi manipulée par le Grand Conseil. Alex lui avait déjà rebattu les oreilles sur ce sujet, mais il avait tellement des théories pour tout qu'elle n'avait pas trop prêté attention. L'information était la puissance. Celui qui la détenait, pouvait dominer le monde ou du moins en tirer les ficelles. Aurait-elle pensé de la même façon avec son ancienne carte ? Alex avait dû lui imprimer des conceptions d'humain à son insu. Elle lui en reparlerait à l'occasion.

Alex savait que Kate ne pourrait pas entrer sous terre sans qu'elle tombât en manque d'énergie. Faire venir le prisonnier à l'extérieur équivaudrait à donner des explications, voire à dévoiler les origines de sa compagne. Par instinct, ne sachant comment les choses allaient tourner avec l'équipe de La Ramière, il s'était lesté de son Ingram 10 automatique qui était une arme ultramoderne, compte tenu de ce qu'il avait vu chez ses congénères.

De La Ramière, Morin, Vidal et les autres l'attendaient à l'entrée de la descente d'égout. Un coup de sifflet lui avait indiqué qu'ils avaient été vus avant de voir, tout l'art de la guerre d'embuscade. Par bonheur, le prisonnier les accompagnait. Par précaution il lui avait mis un sac sur la tête, ce qui ne l'avait pas empêché de marcher. A l'approche du groupe, plusieurs coups de sifflets retentirent de nouveau, mais ceux-ci d'admiration et à l'intention de Kate. Elle répondit par un " salut les gars" qui les émoustilla. Ils étaient à l'abri d'un muret et invisible du campus tout proche.

- Il va falloir que tu fasses gaffe à elle, mon pote, déclara le Petit Morin, avec les loulous qu'il y a là-dessous... Ça risque d'être sa fête...

- Ne t'en fais pas j'ai ce qu'il faut, répondit Alex en désignant d'un coup d'épaule sa mitraillette qui lui tombait sur les reins.

- Qui est-elle, questionna le Colonel, soupçonneux ?

- Mon adjointe de la fac...

- J'ignorais que les robots employaient des "collabos" humains, renâcla-t-il en dévisageant Kate d'un air de dégoût.

C'était mal parti pour des présentations protocolaires.

- Non, ne t'en fais pas, elle est avec nous... Je t'expliquerai. On a surtout besoin d'elle pour le prisonnier...

- Dis plutôt que tu te la sautes, mon cochon, interrompit Morin, l'œil égrillard.

- Allons, dit le Colonel en indiquant un coup de tête, l'ouverture noire de la descente d'égout.

- Autant l'examiner ici, en plein jour, prétexta Alex.

- Et se faire repérer par leur oiseau radar...

- A deux, elle et moi, on connaît les machines. Il n'y en aura pas pour longtemps.

Aussitôt dit, l'humanoïde se retrouva sur le ventre, poussé par le couple.

La peau de sa plante des pieds craqua, chacun retroussant la peau synthétique d'une jambe. Le dos, la tête furent découverts. Ils étaient devenus des "pro" dans la technique opératoire cybernétique. Les autres les regardaient avec étonnement.

- C'est drôlement foutu ses boites de conserve...

Alex interrogea Kate des yeux. Elle fit non de la tête.

- Aide-moi, Morin au lieu de dire des conneries. Je ne trouve rien de ce côté. Il faut voir de l'autre face.

Immédiatement, les yeux de la femme se portèrent sur son poitrail. Elle plongea sa main sous un organe qui lui paraissait inconnu, arracha un tuyau transparent d'où s'échappait une légère vapeur. Elle le porta aux narines d'Alex qui déclara :

- C'est de l'azote.

- Leur nouvelle énergie est ce moteur qui fonctionne à l'azote. Regarde, le réservoir est ici. On le remplit à ras bord et le bonhomme fonctionne...

- C'est comme une dynamo... Combien a-t-il d'autonomie ?

- Vous l'avez fait prisonnier, il y a au moins trois jours et il a l'air frais comme un gardon...

- Non, les derniers cent mètres, il a fallu le porter. Il ne tenait plus sur ses cannes.

Le regard du scientifique scrutait le visage dépecé de la machine, il avait quelque chose de différent de celui de Kate dans le même état, lors de l'échange de circuits imprimés. Il se pencha dessus et aperçut une lentille, une minuscule lentille au milieu du front.

- Une caméra, hurla-t-il, ils sont en train de nous filmer.

Il extraya le mini zoom qui tournait encore, tira les fils qui s'en suivaient, découvrit un émetteur à ondes courtes.

- Attention, ils savent où on est, dit-il, en brandissant l'appareil, repliez-vous sous terre. Ils vont attaquer avec les oiseaux métalliques.

Se tournant vers le Colonel :

- Je suis découvert, j'ai été certainement filmé et Kate aussi. Il faut que je retourne à mon "appart". J'ai du matériel à prendre.

De La Ramière le retint du coude. Une première grenade tomba non loin de leur abri. Un oiseau arriva en piqué droit sur eux. Tout le monde s'éparpilla, un jet de flamme vint noircir le mur contre lequel certains étaient appuyés quelques secondes plus tôt.

- J'y vais. Kate reste avec eux...
- Je viens avec toi, cria Morin en le suivant
- Non !
- Ta gueule !

Les rapaces poursuivaient les deux hommes qui se cachèrent derrière un monticule de terre. L'un d'eux rasa la motte. La mitraillette d'Alex cracha sur l'arrière, presque à bout portant. Le volatile tomba à quelques mètres et explosa à cause de sa réserve de napalm.

Morin était écarlate, son opulente stature le désavantageait dans ce genre d'exercice.

- Tu vois la porte là-bas, alors piquons un sprint jusqu'à là. Le premier arrivé couvre l'autre. On a peut-être le temps d'aller jusqu'à chez moi, prendre mes ampoules et foutre le camp, avant que la police robotique arrive.

Les attaques redoublaient et leur paravent de terre s'amenuisait au fur et à mesure du passage des bestioles, d'autant qu'elles devenaient de plus en plus nombreuses. Morin partit le premier, Alex eut l'impression qu'il fit un effort suprême pour lancer son gros ventre en avant. Cette prouesse faite, le reste suivit rapidement. C'était comme une fusée qui peinait pour s'arracher à l'attraction terrestre. Alex le rejoignit à la porte et poussa violemment les battants. Les deux hommes tombés à terre, une lèche de flamme leur passa sur le dos.

- Nous avons moins de 10 minutes avant l'arrivée des flics.

Ils traversèrent l'esplanade en bousculant les étudiants. Tous avaient reconnu leur professeur et restaient médusés sur place. Ils s'engagèrent dans l'escalier qu'ils montèrent quatre à quatre. Dans son appartement Alex récupéra ses ampoules, ses seringues sans lesquelles il ne pourrait pas vivre, les enfouit dans une sacoche avec le reste de ses munitions. Son sextant et la boussole les suivirent. Il se précipita sur la commode pour emmener ses précieuses notes quand il entendit :

- Le thé de son Excellence est servi.

Deux coups de feu claquèrent, puis un troisième.

- Tu ne vas pas éclater cette pauvre Nathalie, c'est un robot domestique...

Nathalie avait encaissé les trois balles sans dévier d'un pouce de ses occupations.

Continuant :

- Tant pis pour les notes, on n'a pas le temps et qu'en ferai-je sous terre ? Passe-moi ton briquet. On va les distraire un moment.

Il renversa tables, meubles et leur contenu, mit le feu au papier dans plusieurs endroits de l'appartement. Il ouvrit l'info vision et le projeta contre le mur en verre du logement voisin, il éclata. Une vengeance personnelle contre l'émetteur de mensonges et une transmission plus radicale du feu chez la voisine. La folle fuite recommença. Le système d'alarme devra se déclencher dans quelques minutes dès que la chaleur des flammes atteindra les palpeurs. Les pompiers et secouristes devront arriver au même moment que la fliquerie. Une belle pagaille en perspective.

Ils se retrouvèrent sur le campus quand une première patrouille arriva. Ils battirent en retraite dans l'escalier, Alex actionna son Ingram. Paradoxe, si les balles pouvaient abattre les robots aériens, elles étaient impuissantes contre les soldats. Morin lança une grenade. Les trois premiers robots immobilisés génèrent la progression des autres. Les deux hommes en profitèrent pour traverser l'esplanade. Les murs en verre de l'immeuble commencèrent à éclater sous l'effet de l'incendie. Les tapis en plastique attisaient les flammes. Les pompiers envahirent le campus gênant l'action des soldats. Sur le terrain vague, l'escadrille des oiseaux attaqua de nouveau. De trou en trou, de talweg en talweg, Alex et Morin progressaient sous les tirs d'un fusil-mitrailleur mis en batterie par les hommes de La Ramière.

Les soldats dévalèrent sur le terrain vague, à leur tour. Les deux hommes avaient rejoint tant bien que mal leurs camarades. Alex qui avait fait son diagnostic, déclara que les survivants n'étaient pas des robots du type fonctionnant dans l'obscurité.

Si Alex et Kate étaient sauvés, ils étaient condamnés à vivre sous terre, problème se posant pour le robot femelle XY fonctionnant en photosynthèse.

CHAPITRE IX

Quel n'avait pas été son étonnement lorsque Alex dut révéler à de La Ramière que Kate était un androïde. Alors qu'Alex tentait de récupérer ses ampoules à la fac, en entrant sous terre elle s'était écroulée dans ses bras. Le Colonel avait cru à un évanouissement. Ses hommes l'avaient transportée jusqu'à leur fortin. Alex le convainquit de sa fidélité à la cause du retour de l'humanité, mais le secret devait être gardé entre les deux hommes. Une présence féminine, fut-elle factice, créerait des problèmes parmi les combattants et à l'extérieur.

Le prisonnier s'était aussi arrêté de fonctionner faute d'azote. Alex eut l'idée d'un transfert de technologie, installer la dynamo dans Kate afin de lui permettre une autonomie souterraine. Une seule difficulté, l'approvisionnement en azote liquéfié !

Le soir, le débat sur le prochain objectif à détruire, s'ouvrit. Ces vétérans au combat depuis six ou sept ans, avaient épuisé toutes leurs idées. Alex apportant une nouvelle bouffée d'oxygène proposa la destruction totale de la cité universitaire. C'était là que les humains subissaient les expérimentations. C'était là que les chercheurs essayaient de reconstituer la nature du temps où l'homme dominait. C'était là que la technologie du remplaçant de l'homme, s'élaborait. Il fallait mettre toute la "gomme" dans un coup d'éclat retentissant. Cette publicité pour la section attirerait le respect des autres groupes et peut-être leur ralliement.

De La Ramière connaissait bien ses hommes. Il savait leurs capacités, les compétences de chacun, celui-là -spécialiste de l'explosif parce ancien ingénieur "travaux public", celui-ci expert en mécanique parce qu'ancien garagiste, tel autre ancien géologue, informaticien ou chimiste, des intellectuels pour la plupart. D'ailleurs, il fallait être intellectuel pour adhérer à cette idée de retour de l'homme en surface et ne pas penser à sa survie immédiate dans ce monde infernal.

Les cartes se déployèrent immédiatement, inutile de demander le quorum. Le géologue, un des premiers à avoir relié la cause, avait établi les cartes d'un Paris souterrain. Avant, il y avait le métro, les égouts, les souterrains routiers, les galeries de câbles électriques à haute tension qui alimentaient la Capitale, autant de réseaux qui méritaient d'être interconnectés les uns aux autres et d'en établir les plans.

Un égout devrait mener sous la faculté humanoïde, guère loin d'une ancienne cave des Tuileries. De petites charges creuses, ou simplement la pioche, livreraient accès aux installations.

Alex établit grossièrement les plans des infrastructures à partir de la bouche d'égout qui lui avait permis, ces derniers temps, de rejoindre ces nouveaux compagnons.

Le rôle de chacun déterminé, la section s'équipa et partit. Trois combattants étaient restés en sentinelle dans le fortin avec Kate toujours inanimée et mise dans une chambre forte. Ne pas tenter le diable, c'est à dire les "factionnaires en faction".

Ils quittèrent le collecteur principal de Nation pour s'engager dans celui d'Alésia. "Alea jacta est" aurait pu dire Jules César, non pas au Rubicon mais à Alésia justement. Il se déversait non loin des catacombes de Denfert-Rochereau, ancien cimetière des cimetières. Là, dans le temps, on y mettait les ossements des nécropoles qui devaient disparaître pour y construire sur leur emplacement, des logements pour les vivants. La ville s'était étendue. Place à la vie !

Des crânes, des crânes, pleins de crânes, des murs de crânes bien rangés bordaient le chemin. Puis des murs de tibias leur succédaient. Les eaux d'infiltration tantôt rouges, tantôt bleues laissaient des marques violettes. Les traces des occupants, des vainqueurs, se ressentaient jusqu'à ce lieu historique comme voulant cracher sur l'origine de notre civilisation. Des stalagmites montaient, des stalactites descendaient, mais ne se rejoignaient jamais. Des chapelles creusées dans la pierre rappelaient les anciennes religions, un homme cloué sur une croix en expiration des erreurs humaines. S'il n'avait pas été crucifié, le Grand Boum serait-il venu plus tôt ?

Ils débouchèrent sur une immense salle, au milieu un tertre funéraire. Le tombeau d'un lion en bronze gisait au milieu d'éboulis et de carcasses rouillées de voiture. Malgré l'inclinaison du monument, la bête avait su garder son allure hautaine de grand seigneur. En dépit de ses connaissances zoologiques acquises dans l'espace, Alex ne pensait pas que cet animal pouvait être aussi imposant. Il questionna à la cantonade :

- Pourquoi avoir enterré un lion ici ? Qu'a-t-il pu faire pour mériter un mausolée pareil ?

Personne ne rit de sa question. Gentiment Paul, le géologue lui expliqua qu'ils étaient dans de très anciennes carrières de pierre de construction, que l'eau avait entraîné la terre et qu'en surface la Place s'était écroulée avec ses carcasses de voitures et sa statue. Ils rejoignirent le métro.

A la station Raspail, les patrouilleurs de pointe vinrent annoncer que deux bandes de voyous s'affrontaient dans les couloirs. La section évitait les conflits, tant faire se peut. La vie de chacun d'eux était trop précieuse pour la risquer dans des luttes intestines. Elle n'ouvrait le feu que pour se défendre. Son fort avait été plusieurs fois attaqué. Les bandes cherchaient surtout des munitions devenues de plus en plus rares. Les hommes changèrent de ligne de métro. Ils rencontrèrent alors une rame qui avait été stoppée là, maintenant pleine de squelettes. Les cadavres avaient été fouillés et refouillés, puis déshabillés pour récupérer les habits, au fil du temps qui passait et des besoins des survivants. Ces obstacles étaient souvent des guets-apens tendus par les bandes.

De La Ramière s'approcha en silence de l'un d'eux, grimpa sur une attelle de wagon, se glissa contre la carrosserie, haussa un œil par la fenêtre, lança une grenade après l'avoir dégoupillée et se recroquevilla. Une explosion, un cri, des hommes qui détalèrent comme des lapins. Ses compagnons investirent le train. Trois morts gisaient, l'un armé d'un P.A. 59, les deux autres d'arcs à flèches. C'était bien un piège. Les armes furent ramassées et les cadavres dépouillés. Telle était la loi, même chez les gentils. Et puis qui était le gentil ? Qui était le méchant ?

Ils arrivèrent dans un goulet, débouchèrent sur un cours d'eau, un immense fleuve très large, au grand étonnement d'Alex.

- C'est la Seine, expliqua le géologue, elle coule toujours sur son ancien tracé, mais à vingt mètres plus bas. L'autre, la bleue ou rouge, n'est qu'un fac-similé inventé par les humanoïdes toujours à la recherche de l'ancienne situation.

- Un tremblement sismique ? Une explosion atomique ?

- Je ne sais pas. Le savent-ils eux-mêmes ?

-Pourquoi, pensez-vous, qu'ils recherchent la situation d'avant le boum, questionna une nouvelle fois, Alex ?

- Je ne sais pas, non plus. Peut-être parce qu'ils culpabilisent d'avoir détruit une si jolie terre.

- Y a-t-il d'autres endroits où ils ont essayé de reconstituer la nature, à part le vieux Paris en plastique et un jardin d'Eden qui se trouve à une vingtaine de kilomètres d'ici ?

- Oui, il y a l'Ile de la Cité. Là, il y a des humanoïdes qui y vivent dans des huttes, casqués et armés de boucliers et de glaive. Ils portent de grandes moustaches et longues cheveux blonds.

- Nos ancêtres les gaulois ! s'exclama Alex. C'est étrange ces reconstitutions d'époques toutes différentes.

- Peut-être qu'ils travaillent sur des archives historiques, interrompit le Colonel.

- Preuve aussi, que les gens du Grand Conseil qui dominent les humanoïdes, n'ont pas connu la terre avant le boum, sinon ils ne feraient pas de telles erreurs de temps. Des gaulois vivant à cinq cents mètres du Paris 1960 !... Ils sont arrivés après la grande destruction, et travaillent sur des archives. Qui sont-ils exactement ? Des humains à l'esprit génial ?

- Des extra-terrestres, lança Paul, le spécialiste en explosif, qui s'était tu depuis le début de l'expédition.

Le mot avait été lâché, bien que chacun y avait pensé. Des extra-terrestres, fabricants de robot, en quête d'une nouvelle planète... Un roman de science-fiction des années 1990 ! Alex Gabet n'était-il pas déjà en pleine science-fiction depuis son retour ?

L'efficacité opérationnelle de la Section permit de mettre en place rapidement des canots pneumatiques. Une soufflerie à bras les avait gonflés. Les hommes transportaient avec eux de l'armement lourd. La descente d'un bout de Seine évitait les désagréments d'un transport à dos d'hommes et surtout les guets-apens. La largeur du fleuve ne permettait ni barrage, ni pont. En naviguant en son milieu, la sécurité était assurée.

Dans le zodiac de tête, Paul balayait les flots avec son projecteur, pas question de laisser approcher un nageur, ou une bête.

Morin dont la tête avait dû être mise à prix aussi, depuis qu'il s'était fait remarquer dans l'attentat de la fac, avait abandonné son bistrot. Il ne regrettait rien, ni ses petits vins dont il était le seul client, ni ses habitués "gogols" qui tapaient inlassablement le carton. Cependant le manque d'exercice pesait sur sa grosse carcasse. Il soufflait comme un bœuf en permanence. Il pagayait maintenant, à genoux, il n'aurait jamais pensé que cela fût aussi dur. Que ne fallait-il pas faire pour revivre peut-être un jour au grand soleil !

Un grand silence planait sur les embarcations. Seul le clapotis des rames se faisait entendre à espaces irréguliers. Chacun scrutait l'obscurité à la recherche d'un indice vivant qui annoncerait une agression. Le fleuve se faisait plus pestilentiel, des cadavres ballonnés flottaient, son cours s'accélérait visiblement. Le tunnel qu'il avait creusé dans la craie, baissait. Tout le monde redoublait de vigilance.

Soudain, Paul debout, en figure de proue, hurla. Il venait de prendre en plein visage un câble émergeant de l'eau. Un second sortit pour se stabiliser à la hauteur des lignes de flottaison. La première barque s'immobilisa, puis prise par le courant, elle se tourna pour se mettre le long du filin d'acier, une seconde la percuta, puis une troisième... Les hommes tombèrent à l'eau.

D'autres câbles jaillirent des eaux comme prenant les embarcations dans un immense filet.

- Les anges exterminateurs ! Cria quelqu'un.

En effet, des hommes arrivaient en se déplaçant accrochés aux câbles comme des singes, tandis que d'autres, dans l'eau, s'apprêtaient à aborder les barques. D'autres, encore, restés sur le rivage, égorgeaient consciencieusement les naufragés tombés à l'eau, qui regagnaient la berge. Une flèche égarée creva un zodiac. Un corps à corps avec les anges exterminateurs s'engagea. Morin barbotait gentiment en cherchant à remonter sur un autre canot quand un adversaire, le couteau entre les dents l'agrippa. Un violent coup de rame le rendit à la raison. Alex aida son compagnon à remonter.

L'effet de surprise passé, la première vague d'assaut repoussée, les pistolets mitrailleurs crachèrent leurs 9 millimètres. Les voltigeurs aériens tombaient comme des mouches. Les tireurs d'élite, avec leur lunette infrarouge, s'en prenaient maintenant à la racaille restée sur la rive, à l'affût du butin. Voyant leurs richesses s'échapper, ils n'hésiteraient pas à envoyer les zodiacs par le fond. Perdu pour perdu... Il fallait débarquer, ne serait-ce que pour décrocher les câbles qui obstruaient le fleuve. Tout était redevenu calme. Les embarcations abordèrent la plage. Les combattants, l'arme au poing, prirent position selon une tactique maintes et maintes fois répétée. Les anges firent une dernière tentative d'attaque, un baroud d'honneur en quelques sortes. Ils y laissèrent encore trois hommes qu'ils ne purent emporter, car lorsqu'ils se repliaient, ils emportaient leurs cadavres et ceux de l'adversaire pour les faire rôtir. Protéines obligent !

En voyant ses adversaires gisants, Alex comprit pourquoi on les appelait les anges exterminateurs. Ils étaient tous habillés avec des combinaisons isothermes d'hommes-grenouilles certainement raflées dans un magasin de sport. Leur chef, un rescapé des humanoïdes, gardaient traces des tortures qu'il avait subies, tant sur son visage que dans sa démarche de crabe. Il était le seul à posséder une arme à feu, tout son pouvoir était dans son Remington. Plus de balle et sa bande le dévore vif. Il n'acceptait aucune remontrance, aucune critique. Le revolver ne s'était jamais enrayé et faisait mouche à chaque fois. Personne n'avait osé le lui dérober durant son sommeil. Ses hommes étaient armés de couteaux, de chaînes et certains de fusil à harpon, mais aucun élastique ne s'était tendu dans sa direction. Il ne manquait jamais de s'attaquer de la Section de La Ramière, tant pour son prestige, que pour les munitions.

Tous les chefs, gourous, roitelets de ce monde souterrain avaient, chacun, leur recette pour maintenir leur bande ou leur communauté dans le creux de la main. Certains régnaient par la terreur d'une arme à feu, d'autres par le mysticisme d'une descendance prophétique, mais bandes ou communautés, tous étaient armés. Les illuminés qui croyaient à la pureté de l'homme, n'avaient pas survécu.

La Section avait perdu six hommes et récupérait trois combinaisons trouées. Triste bilan.

Les canots repartirent pour quelques centaines de mètres. Ils accostèrent sur la berge opposée. La descente du fleuve s'arrêtait là.

Ils s'engagèrent, cette fois, dans une galerie " haute tension ", sans tension.

Ses câbles électriques spectaculaires servaient à l'alimentation de Paris du temps des centrales nucléaires. Ce très haut voltage devait être ensuite transformé en basse tension pour faire fonctionner le rasoir de Monsieur Toulemonde, après être passé par un réseau secondaire de quartier. Comme les égouts, cet enchevêtrement cylindrique de ciment, de deux mètres de diamètres, courait dans tout Paris. C'était généralement des endroits propres hormis la poussière, pas de détritus, pas de rat car il n'y avait rien à manger et c'était très peu connu, donc tranquille.

La troupe se reposa une bonne demi-heure avant la reprise de la progression. On approchait de l'objectif. Il n'était pas question de sortir par l'égout qui se trouvait dans le terrain vague contigu au campus. L'endroit avait certainement été mis en observation par l'adversaire depuis leur dernier coup manqué.

Une sape et une explosion bien contrôlées sous la bibliothèque, devaient donner accès au bâtiment. De là, un déploiement en cinq équipes devrait suffire à couvrir tous les bâtiments à miner. Temps : un quart d'heure au maximum.

Les sapeurs, après avoir ouvert une brèche dans le béton de la galerie, s'attaquèrent à la glaise. Elle s'écroula soudainement sous la poussée d'une poche d'eau qui inonda hommes et matériel. Une caverne naturelle s'ouvrit ce qui fit gagner au moins une heure de main d'œuvre. Les bâtons de dynamite furent installés à même la terre, reliés entre eux par du cordon détonnant. Retour dans la galerie, le temps de l'explosion. Une cheminée droite comme un I, se créa. Un combattant lança un grappin et entreprit l'escalade. Elle le conduisit à une autre salle dont les accès s'étaient écroulés. On ne devait être guère loin des caves de l'université. Un second dynamitage s'avéra nécessaire. Après une avalanche de gravât et de terre, les souterrains livrèrent passage.

- Remarquez la précision des cartes, lança Paul, nous sommes tombés à moins de dix mètres de notre objectif.

La fatigue se faisait ressentir. Les montres marquaient 21 heures, déjà douze heures de progression depuis le départ. Sous terre, la vie n'était pas marquée par le cycle de la journée, ni jour, ni nuit. Le plus gros restait à faire. Le sabotage se ferait donc la nuit. L'obscurité ne devrait pas faciliter la tâche, si les robots étaient en léthargie, l'informatique ne l'était pas. Un nombre important de palpeurs et de caméras scrutait les ténèbres. Alex avait marqué les principaux pièges sur les plans, cependant il pouvait en avoir d'autres.

Les équipes sortirent des sous-sols de la bibliothèque. La femelle de l'accueil était là, écroulée sur son siège, elle n'était pas rentrée chez elle. Le Colonel lui plongea la tête sur son bureau. Même désactivée, l'œil de cyclope de la machine pouvait filmer le débarquement des humains.

Tout devait être terminé dans le quart d'heure qui suivait, y compris le retour à la bibliothèque. Alex partit en direction de son laboratoire, accompagné par trois sectionnaires. Pas un seul vigile devant les portes, que des palpeurs facilement repérables dans l'obscurité à leur pastille rouge. Ils entrèrent dans le bâtiment, le plus simplement du monde, par un soupirail. A quoi avaient donc pensé les architectes qui avaient conçu ces forteresses, un déploiement d'électronique aux portes, alors que les aérateurs étaient d'une accessibilité enfantine.

Alex entra dans son bureau où rien n'avait été chamboulé depuis sa trahison. Les humanoïdes n'étaient même pas venus chercher des indices. Pas d'enquête ? Il commença à rassembler ses affaires personnelles et ses notes, puis se ravisa. Que ferait-il sous terre de tout cela ? Que faire d'un micro portable sans électricité ? Il alla dans le laboratoire, débrancha tous les humains qui étaient en expérimentation, vida les cuves. Il ne pouvait rien faire de plus pour ces pauvres gens. Les sapeurs qui l'accompagnaient, installèrent les explosifs sous les machines électroniques. Le but de l'opération était de créer le plus de dégâts possibles. Les fils se déroulaient. Ils se branchèrent ensuite sur un réveil bricolé qui assurerait le contact électrique d'ici à dix minutes environ. Une alarme se déclencha dans le lointain. Certainement, une équipe venait de se faire découvrir. Les humanoïdes à infrarouge ne devraient pas tarder à arriver. D'ailleurs, dehors de petits tanks sortant de l'obscurité, patrouillaient déjà autour des bâtiments. Ils en sortaient de partout. Ils marchaient dans tous les sens, comme affolés, sans se cogner. La situation ne devait plus être contrôlée.

Alex ordonna à ses hommes de rejoindre le point de rendez-vous. Il devait ramener des bombes d'azote, question de survie pour Kate. Il se précipita dans le magasin et assembla tout ce qu'il put trouver, les jeta dans deux sacs de matériel vide, enfila les anses de l'un d'eux, par-derrière, sur ses épaules. Il garda l'autre à la main gauche. Il déboula les marches comme un ouragan et se retrouva très rapidement, à l'extérieur.

Les mini chenillettes le canardèrent de toute part. L'anarchie la plus totale régnant chez les machines, elles finirent par se tirer dessus, mutuellement. Quelques-unes explosèrent.

Dans une seconde tentative, Alex courut tout ce qu'il put, sans prendre garde aux palpeurs de présence qui se déclenchèrent sur son passage. Ses camarades devaient avoir pris les mêmes initiatives, des sirènes hurlaient de toutes parts. Il dut passer au beau milieu d'androïdes qui encerclaient le lieu de rendez-vous. Les robots programmés pour un adversaire qui arrivaient devant eux, ne s'inquiétèrent pas d'Alex qui courait dans le sens contraire. Il y avait encore beaucoup à faire dans la programmation robotique. Ce qui lui fera penser, plus tard, qu'une bonne observation de ces machines, permettrait de trouver leur vulnérabilité.

Les hommes ne pouvaient plus repousser les attaques des androïdes. Démembrés ou décapités, ils continuaient leur progression. Parfois, le lance-flammes en arrêtait un, s'il avait été longtemps exposé à la chaleur, ses circuits fondaient. Les grenades ne les arrêtaient que si elles les explosaient en totalité.

Les sectionnaires se replièrent prestement. Ils ne pouvaient plus attendre les retardataires. Le désordre régnait parmi un adversaire qu'on ne pouvait plus arrêter. Un bâton de dynamite eut raison des premières machines qui s'étaient introduite sous terre. L'explosion précéda de quelques secondes une autre, plus importante, puis une troisième... Les bâtiments de la fac sautaient les uns après les autres. Dommage qu'ils n'étaient plus en surface pour contempler leur œuvre et surtout voir si le campus pouvait se relever de ses cendres. Le monde souterrain avait tremblé, toutes les communautés avaient dû ressentir les secousses. Des galeries s'étaient écroulées, d'autres remplies d'eau. De nouvelles caves s'étaient ouvertes. Demain, les bandes de pillards ne manqueront pas de venir fureter dans le coin. De belles bagarres en perspective !

CHAPITRE X

La vie continuait dans le fortin. Les sectionnaires sortirent de nouveau, dès leur retour. Une communauté voisine avait demandé leur protection. Les taupes de La Ramière avaient signé plusieurs contrats d'assistance avec une dizaine de cités, leur aide contre de la nourriture. Le Colonel avait pensé ainsi faire un regroupement des communautés, une sorte d'Etats-Unis d'Amérique dans son mini monde souterrain. Mais, si les cités avaient de bons rapports avec leurs protecteurs, il n'en était pas de même entre elles. Les chefs voulaient rester les chefs. Pas question d'alliance entre eux. Leur seul lien mutuel restait leurs protecteurs.

A1ex partit avec une patrouille sous le commandement de Morin. Ainsi, le Gros allait devoir montrer ses capacités de tacticien et de diplomate. Il avait reçu pour mission de déloger les voyous qui assiégeaient les Parfaits, de récupérer le montant de la taxe de défense en nourriture, non versée depuis six mois. Il devait aussi, une fois encore, les amener à une alliance avec leur voisin, les Complaisants avec lesquels ils avaient plusieurs divergences territoriales.

Les Parfaits étaient un groupe restreint d'individus, d'une dizaine de personnes qui vivait dans un état perpétuel de béatitude. C'était la classe dominante d'une communauté de cent personnes. Tout tournait autour d'eux. Des soldats veillaient à leur sécurité, des tailleurs les vétissaient, des cultivateurs les nourrissaient, des intouchables... La sainte règle de leur ordre ressemblait à celle de la secte albigeoise, la base, la pureté totale. De cet état parfait naissait la lumière qui était leur énergie. Plus ils étaient purs, plus l'énergie rayonnait intensément sur leurs ouailles. Cette vigueur était transmissible d'individu à individu. Elus par le Thaumaturge, le faiseur de miracles sous inspiration divine, ils régnaient avec lui en une sorte de théocratie, le pouvoir émanant de Dieu, lui-même. Personne ne pouvait regarder le "Thau" en face ou lui adresser la parole, même les neufs autres parfaits qui lui servaient d'yeux et d'oreilles. Vêtus d'aube blanche, les prêtres ne devaient jamais se salir ce qui était un véritable tour de force dans leur cité où la boue suintait de partout. La femme, être impur et imparfait, ne devait jamais franchir les murs du rempart. Depuis peu, le Thau avait manifesté une inquiétude quant à la reproduction de l'espèce, ses effectifs disparaissaient peu à peu et les nouvelles recrues se faisaient rares. Alors il avait consenti à ce que quelques éléments de son sous-prolétariat se commissent avec des femmes en dehors de l'enceinte de la cité, avec promesse de récupérer le nouveau-né mâle, dès sa naissance. Ce décret avait surpassé la bienséance de la communauté. Aucun volontaire naturellement, puisque durant les neuf mois de gestation, et même après, aucune protection ne garantissait à la gent féminine, sa survie.

C'était pourquoi un rapprochement avec les Complaisants était nécessaire, d'autant qu'eux avaient quelques femmes et vivaient en petit clan. Leur doctrine de base était proche du mouvement hippie des années 1970. La femme était le noyau de la famille et pouvait faire l'amour avec tous les hommes qui vivaient avec elle, régentait les enfants et les instruisait. Certaines comptaient une vingtaine de mari. Peu nombreuses par rapport à la masse des mâles, ils les sollicitaient souvent.

Ils regrettaient avoir accueilli plusieurs fois des étrangers dans leur communauté qui avaient massacré bon nombre de leur compagnon pour les voler et avaient disparu. Ils excluaient l'idée d'avoir une garde permanente qui assurerait leur protection. Alors, bien souvent, en période chaude, le Colonel envoyait des hommes pour sauvegarder les deux communautés. Il espérait, un jour, regrouper tous ces mystiques en un seul lieu pour une défense plus efficace. De La Ramière n'aimait pas voir ses forces divisées.

Les deux chefs de congrégations, se rencontraient souvent. Une divergence dogmatique les divisait trop fondamentalement pour leur permettre d'arriver à un protocole commun. D'ailleurs, ni l'un, ni l'autre ne voulait céder un pouce de leur autorité. Une confrérie exclusivement d'hommes ne pouvait que disparaître, faute de se reproduire et une société antimilitariste se condamnait à mort dans le monde où elle vivait.

Etrangers, Alex et Morin, dispensés des salamalecs d'usage, s'avancèrent directement devant le Thau. Ils avaient refusé de déposer leurs armes avant d'entrer dans le palais épiscopal, malgré les pressions des prêtres de permanence. Un soldat sans arme n'était plus un soldat. Le Thau avait deviné le but de leur visite et s'était empressé de déposer le tribut dû dans la cour et argumenta que celui-ci les attendait depuis une bonne quinzaine. Il se constituait exclusivement de mousse cultivée mise en bocaux de verre. Morin prêcha, de nouveau, le rapprochement des peuples. Malgré une bonne heure en palabre stérile, concernant l'insuffisance du tribut, le Thau ne voulut rien savoir. Alors, le gros se fâcha et menaça de les laisser tomber aux mains des voyous. Alex intervint à son tour et reprit les palabres inachevées. Il parut plus convaincant ou bien la fatigue commençait à faire de l'effet sur l'esprit du grand prêtre.

L'avenir du restant de l'humanité passait par des gens sédentaires, d'une part et d'autre, par une castre militaire fonctionnant de pair. Il fallait reconstituer la dualité universelle, comme la nuit et le jour, le bien et le mal, l'homme et la femme... Préparer la guerre pour avoir la paix.

Les hordes de crapules et autres vauriens attirés par l'appât du gain, devront disparaître. Une société, un avenir ne se bâtissait pas sur de la piraterie qui n'était qu'un court terme. Un voyou en attirait un autre qui le détroussera à son tour, et ainsi de suite. Ils s'autodétruiront, question de temps. Seulement, le Colonel de La Ramière voulait accélérer les choses, mais il ne pouvait rien faire si les communautés ne l'aidaient pas. Remettre de l'ordre sous terre pour reconquérir la surface.

Les négociations reprirent afin de fusionner entre les parfaits et les complaisants sous menace soit d'abandon des deux communautés, soit de prise des deux autorités par les armes. Désigné Président de la Commission d'alliance, Alex devait les réunir chaque jour jusqu'à la conclusion d'un pacte communautaire.

Les événements récents avaient fait oublier à Alex, Kate, toujours remisée dans son coffre-fort.

Aidé de son inséparable Morin, dit le Gros ou l'auvergnat à cause de son ancien bistrot, il dépeça la ravissante machine, en fit autant avec l'androïde moins heureux, qu'il allongea près d'elle. Le reste fut du bricolage, installer une dynamo ou du moins un alternateur, ainsi qu'un moteur à azote, près de la batterie de Kate... La connectique fut plus délicate... Enfin, elle se réveilla, tout fonctionnait. Elle regardait étonnement son nouveau milieu, sa base de données mémorielles ne connaissait le décor de la caverne d'où elle venait d'être opérée. Sa nouvelle cellule à infrarouge visionnait. Alex lui demanda immédiatement de lui décrire l'image transmise à son aire cognitive. Un réglage immédiat s'imposait avant de refermer la mécanique.

Kate sortit de son oubli forcé de quelques jours. On l'accueillit dès son apparition dans la cour du fortin par des coups de sifflets. La voix tonitruante du Colonel se fit entendre immédiatement. Il ne tolérait pas le chahut et encore moins le manque de discipline. Il citait souvent Jules César " l'obéissance est la force des armées ". Il n'avait, d'ailleurs pas accepté de bon cœur un androïde femelle, dans son équipe. Seuls des raisons stratégiques et les arguments d'Alex l'avaient convaincu. Elle devra s'habiller en souillon, pas de jupe "sexy", pas de corsage affriolant. Un sac à pommes de terre pour vêtement, lui fut vivement conseillé. Après tout, elle n'était pas une vraie femme.

Morin, lors d'une réunion d'état-major, eut une idée (oui, ça lui arrivait) de créer leur propre unité de soldats-robots. Alex et Kate pouvaient construire eux-mêmes des robots. Un montage en série serait plus profitable et rapidement plus performant. Ils s'attendaient tous à une intrusion souterraine de l'ennemi, maintenant qu'il possédait les derniers modèles d'androïdes pourvus d'œil de cyclope à infrarouge. Une section de robots sectionnaires pourrait s'opposer à une telle invasion. Qui dit unité de production, dit énergie, dit matériel, dit emplacement et dit compétence humaine. Un projet de cette envergure posait beaucoup de problèmes !

Malgré leurs talents, Alex et de Kate ne pouvaient pas suffire à mener bien une telle opération. Un besoin de techniciens, dans tous les domaines, se dessinait. Une main d'œuvre plus nombreuse s'avérait nécessaire. Depuis leur dernier combat qui avait largement éclairci leur rang, certains anges exterminateurs, une vingtaine, s'était rallié aux hommes de La Ramière, question alimentaire. Souvent, les restants de bandes constituées après la destruction de leurs leaders rejoignaient ceux qui faisaient figure d'armée régulière. Bien encadrés au départ, ils faisaient d'excellents combattants, mais pas des techniciens compétents. Seul, un sondage dans la population hippie des Complaisants, révélerait peut-être des formations d'ingénieurs. Alex s'en persuadait au fur et à mesure du dialogue qu'il instaurait avec certains d'entre eux. L'ambitieux projet se trouvait donc lié à la réconciliation ou non des deux théocraties. La survie du monde souterrain entier s'associait aux palabres de deux chefaillons en rupture d'autorité. Les enjeux étaient trop importants pour les laisser aux mains d'illuminés.

Le Colonel, malgré l'opposition d'Alex, résolut de prendre le pouvoir dans les deux communautés. Il ne pouvait pas se payer le luxe "de la démocratie". Il asservira les deux peuples s'il le fallait. L'affaire menée rondement, le lendemain, au cours d'une réunion de la Commission d'Alliance, une patrouille arrêta les deux leaders et les emmena en détention au fortin. Deux sections maintinrent l'ordre, chacune sur un site et deux gouverneurs militaires désignés administrèrent les populations.

Les "choses" devaient maintenant aller très vite. Des appels au volontariat, au civisme, à la liberté, furent lancés, en vain. Privé de leurs gourous, les croyants faisaient de la résistance passive, assis sur la place principale, dans la position du lotus. Immédiatement les armées évacuèrent les lieux laissant les occupants à la merci de l'extérieur.

Le lendemain, après avoir essuyé plusieurs attaques nocturnes, les Parfaits et les Purs vinrent faire acte d'allégeance au Colonel de La Ramière. Celui-ci s'empressa de réclamer aux ambassadeurs le recensement de toutes les capacités individuelles afin de décider si les deux communautés valaient sa protection. Si l'une d'elles ou les deux ne contribuaient pas suffisamment aux actions communes, il l'abandonnerait à elle-même. Les Parfaits rapportèrent leurs listes le jour même, les morts de la nuit précédente leur ayant donné à réfléchir. Il avait fallu que les anges exterminateurs crucifiassent trois coreligionnaires sur une porte pour que l'autre communauté apportât de plein gré ses intentions de contribution à la cause commune. Elle était aussi pauvre en intellectuel qu'en soldat, que des prêtres et des malheureux rêvassant sous la protection du Très-Haut. Par charité, la nouvelle Confédération admit tous les individus, mais les deux chefs restèrent dans les geôles.

Les sectionnaires ne tardèrent pas à découvrir un trafic de drogue qui permettait aux deux peuples d'atteindre les hauteurs divines. La drogue s'extrayait de champignons cultivés secrètement. D'anciens botanistes avaient découvert leurs propriétés en effectuant des recherches médicamenteuses. La prêtraille s'était saisie de la trouvaille pour instaurer un petit commerce très lucratif. D'autres narcotiques circulaient venant d'anciens dépôts d'usines chimiques, tel que le trichloréthylène ou l'éthane amené par des négociants extérieurs en échange d'objets de valeur. Les gouverneurs firent fusiller les trafiquants sans autre forme de procès. Une désintoxication générale commença maladroitement par des sevrages. Les plus touchés, généralement les plus vieux, moururent. Les jeunes s'en sortirent. Ainsi la partie malade venait d'être tranchée dans le vif.

Des vocations de médecins et d'infirmiers sortirent des trois parties en présence tandis que, malgré l'allégeance, de petites révoltes éclatèrent. Les sectionnaires n'hésitèrent pas à réprimer. Il fallait savoir parfois se montrer dictateur dans l'intérêt même de la communauté.

Des listes émergèrent des formations anciennes de techniciens supérieurs, dans tous les domaines, surtout chez les Complaisants. Certains dirigeants Purs se déclarèrent scientifiques. Les effets de la drogue disparurent et les théocraties se mouraient. Un temps précieux venait d'être perdu.

L'Etat-major planchait sur le nouveau projet de création d'humanoïdes et sur le montage d'une chaîne de reproduction. Cependant avant le début d'une telle entreprise, il décida l'attaque de l'usine qu'Alex avait visitée dans les premiers jours de son retour sur terre. D'après ce qu'il avait pu voir et comprendre, elle fabriquait des automates de type soldats de l'avant dernière génération. Personne ne savait d'où sortaient les cyclopes à autonomie souterraine. Cette offensive avait pour but, non seulement de stopper définitivement la fabrication robotique, mais encore de s'emparer des androïdes stockés afin de les mettre aux services des hommes. De nombreux véhicules seraient nécessaires pour le transport. Les robots ferrailleur pourraient faire l'affaire, après leur capture. Les mouvements importants d'hommes ne devront pas éveiller les soupçons du Grand Conseil. Pour ce faire et compte tenu des distances importantes, les sectionnaires se déplaceront, par petits groupes, la nuit et se terreront le jour.

La campagne commença un beau jour où la fausse Seine coulait verte, cette fois. Une soixantaine de groupes de cinq personnes était sortie de sous terre, la nuit, afin d'être déjà éparpillée, à l'aurore, dans la population de ceux que les androïdes avaient transformés en zombie. Si les déplacements nocturnes étaient vivement conseillés dans le désert pour passer inaperçu, à l'inverse, en milieu urbain, la progression devait se faire dans la journée.

Accompagné de Kate et de trois hommes, Alex sortit d'un égout du quartier du Marais, non loin de la Gare de Lyon. Bien que les trains n'existassent plus, un architecte androïde avait reconstitué le monument d'après sa seule fantaisie. La tour de l'horloge avait fait place à un immense sablier qu'un moteur solaire retournait automatiquement dès que la partie supérieure était vide. Des voyageurs circulaient sur les quais en attente d'un hypothétique train, puis rentraient chez eux à la tombée de la nuit. Un marchand de journaux vendait des hebdomadaires sans écriture et sans image. Evidemment il ne se passait jamais rien dans cette vie. Les androïdes cherchaient réellement à reconstituer l'activité humaine dans tous les endroits détruits, seulement cela ne correspondait pas toujours à l'ancienne réalité.

Des chaînes alimentaires existaient pour les humains de surface. Les camions coffres forts de la police amenaient tous les deux jours le ravitaillement chez les épiciers de quartier où le citadin moyen venait s'approvisionner. La principale denrée, même l'unique, était des petits pains dont la mie ressemblait à de la sciure de bois. Aux dires de l'emballage, cette chose contenait des tas de vitamines et de produits vitaux pour l'homme. En effet, si cette victuaille ne faisait pas grossir, elle n'avait jamais fait mourir personne. Certains, qui avaient parfois des moments de lucidité, prétendaient que c'était des cadavres broyés. Plus aucune végétation, sinon artificielle, n'existait, donc plus de légume, plus de fruit et plus de viande. Alors, d'où cela venait-il ?

Parfois, pour les jours de fête du calendrier humanoïde, les livraisons se diversifiaient. Chaque individu avait droit à ses deux litres d'alcool et à un morceau de caoutchouc qui ressemblait à de la viande et qu'il fallait mastiquer longtemps pour l'attendrir. L'alcool folâtré contribuait à un abêtissement qui durait deux jours et qui faisait voir le monde fantastique de l'au-delà de la mort.

Les humains de surface étaient tous conditionnés. Si leur tâche était interrompue accidentellement, il rentrait automatiquement chez eux pour attendre l'assignation d'une autre mission. Aux heures fixes, ils vaquaient aux événements de leur survie, les commissions alimentaires, les repas, le coucher, la reproduction s'ils vivaient en couple. Par télépathie, le responsable humanoïde du quartier les appelait parfois pour les conditionner à une autre fonction.

D'immenses ventilateurs tournaient dans des cages sur les trottoirs, ils soulevaient en permanence une quantité impressionnante de poussière, qui couvrait les passants et les voitures, mais cela faisait partie de la vie. Personne ne se secouait plus. Les ventilations permettaient l'arrivée de l'oxygène de plus en plus rare qui stagnait à plus de vingt mètres du sol. Il y avait de plus en plus d'accident respiratoire, les poumons fonctionnant à l'azote n'étaient pas prévus pour les humains malgré les ambitions de conserver la race.

A Bercy, l'ancien centre commercial en forme de ballon dirigeable avait perdu sa structure métallique pour une constitution en verre, dans laquelle vivaient des androïdes nus, toujours à la recherche des rayons du soleil pour recharger leur batterie. Derrière d'immenses orgues translucides de plusieurs centaines d'étages s'abritaient les administrations. Une ville entière de robots des deux sexes grouillait, un monde inquiétant... À quoi pouvaient-ils servir ? Quelle était leur mission ? Quelques humains loqueteux circulaient parmi eux, des domestiques sans doute.

De cette agglomération, partaient des avenues désertes qui ne menaient nulle part comme pour faire croire qu'il y avait quelque chose, ailleurs, une autre vie peut-être, d'autres sociétés. Personne ne savait. Et toujours ces arbres artificiels identiques les uns aux autres qui s'alignaient à perte de vue.

Alex et ses compagnons marchaient comme des somnambules, lentement, afin de ne pas attirer l'attention des vigiles qui patrouillaient parmi ces cubes verrues empilés les uns sur les autres. Ils empruntèrent les interminables trottoirs roulants qui se déversaient les uns dans les autres pour arriver à la limite de la cité, au bord du désert, là où cessait la vie... Quelque part, dans ce paysage lunaire, se cachaient peut-être d'autres cités mais certainement aussi une usine de robot que les humains projetaient de détruire après l'avoir vidée de ces stocks.

A la station-service, un pompiste remplissait le réservoir d'un vieil autobus de la R.A.T.P., appelé à l'époque " nez de cochon " à cause de son radiateur cylindrique à l'avant. Kate attendit que l'homme ait fini son travail. Dès l'arrêt du compteur, elle le projeta violemment en arrière. Il tomba, la regarda. Elle s'attendit à une réplique, mais non, il raccrocha son pistolet comme si rien ne s'était passé et partit dans sa cabine. Il ne se rappelait plus de l'incident. Idem pour le conducteur qui attendait pour partir. Il dégringola de son siège, mordit la poussière et rentra certainement chez lui.

L'autobus démarra dans une fumée noire et nauséabonde d'œufs pourris. Qu'importe, les voleurs devaient disparaître le plus loin et le plus rapidement possible. On aviserait plus tard. Le véhicule branlait de partout et était prêt à se désintégrer tant les bosses du terrain le malmenaient. Parfois ces hautes roues patinaient dans le sable, puis elles repartaient lentement de toute la puissance de ces quatre pistons.

Le soleil cognait dur, l'eau du radiateur bouillait, la civilisation avait disparu. Alex tourna la clef du moteur qui s'arrêta dans un sursaut. Un silence bénéfique à l'ouïe, se fit, un silence profond, blanc, sans tâche, un silence irréel. La ferraille du véhicule était brûlante, les hommes et la femme durent sortir. Dans son ombre, parfois un petit vent soufflait à ras du sable. Les hommes se déshabillèrent et se couchèrent pour en profiter au maximum et faire sécher leur sueur. Kate, peu incommodée par la chaleur, contemplait les quatre corps nus. Alex se rappela soudainement les imperfections de cette machine femelle à l'appétit sexuel considérable. Il ordonna à ses hommes de se rhabiller. Ils obéirent en maugréant. Inutile de tarir les énergies.

Selon toutes vraisemblances et se rappelant sa première aventure à son retour sur terre, la masse métallique de l'autobus ne devrait pas tarder, en restant immobile, d'attirer le robot ferrailleur du secteur, de type Charlie.

Celui-là se faisait attendre, lorsqu'un aggloméré de poussière en mouvement se profila à l'horizon. Les hommes se précipitèrent sur leur arme et s'embusquèrent sous le véhicule. Kate, quant à elle, n'avait jamais vu l'un de ses congénères aussi primaires. Le robot à coussin d'air arriva rapidement sur Alex qui ne bougea pas. Théoriquement l'engin programmé s'arrêtait dès la détection d'une forme humanoïde. La théorie ne fonctionna pas et il n'eut que le temps de se précipiter sur le côté. Des rafales de balles claquèrent sur son blindage. Il stoppa net devant l'autobus et déploya ses gigantesques pinces. Malgré la chaleur de son métal, Alex se précipita sur son capot et masqua avec sa chemise, les capteurs solaires. Le rayon laser se projeta malgré tout sur le bus pour commencer sa découpe, mais soudainement les jupes se dégonflèrent et l'engin tomba comme si le sol s'enfonçait sous lui.

Répétant l'expérience de son retour, Alex ordonna le creusement d'une tranchée sous le véhicule afin d'avoir accès à la trappe qui donnait accès à l'intérieur. Ce Charlie était du même acabit que le premier. L'expérience acquise depuis, à la fac lui permit même de reprogrammer complètement la machine. En fait, il venait non seulement d'acquérir un véhicule de transport, mais encore un appareil de guerre terrible de 300 ou 350 tonnes possédant un blindage à l'épreuve des lasers et divers rayons couramment utilisés par les humanoïdes.

En mémoire, Kate détermina les différents modes opératoires des robots ferrailleurs. Ainsi, en se déplaçant ils attiraient eux-mêmes d'autres "collègues" si la masse magnétique des métaux à récupérer dépassaient un certain volume, ou bien leur propre masse immobilisée appâtait leurs congénères.

En suivant les instructions d'Alex, d'autres équipes parvinrent à en capturer aussi. Au lieu du rendez-vous, deux jours plus tard, une quarantaine de tanks charognards obéissant au doigt et à l'œil, s'apprêtait à donner l'assaut de la manufacture d'humanoïdes, une soixantaine de kilomètres restant à franchir.

Le Colonel de la Ramière, à la tête de son escadron, ordonna l'offensive. Les hommes s'accrochèrent au métal, les mains entourées de chiffons.

Les bâtiments se dessinèrent rapidement à l'horizon. Les ordres avaient été stricts. L'opération devait être terminée avant la nuit, compte tenu du mode d'alimentation des appareils et aussi afin d'éviter l'affrontement avec les robots nocturnes à rayons infrarouges, plus dangereux que les anciens modèles fonctionnant le jour.

Les volatiles de protection de l'usine attaquèrent les assaillants à moins de vingt kilomètres du site. Les hommes se couchèrent sous les tanks arrêtés. Aucun moyen de se protéger contre ces oiseaux. Des jets de napalm enflammés coulaient sur les carapaces. Après deux heures d'agressions sans relâche, ils disparurent dans le ciel. Ces volailles pouvaient être à court d'énergie ou de carburant.

- C'est une éclaircie au milieu de l'orage, déclara de La Ramière qui s'était raccroché à son char.

Il lança son bras en avant, l'index pointé. Les chars reprirent leur folle course. Le soleil déclinait, tout devait se gagner en quelques heures.

Aux abords de l'usine, les robots pédestres s'avancèrent vers les "Charlie" qui devaient s'arrêter devant eux, en toute logique robotique. C'était compter sans la nouvelle programmation. Naturellement, ils n'en firent rien et ces chevaliers des temps modernes armés de leur mousquet à rayons soniques, furent bousculés, écrasés, éjectés. Les survivants de cette unique vague, se relevèrent et continuèrent leur marche en ligne droite, vers le désert.

Tels des crabes, les "Charlie" défoncèrent les murs, éventrèrent les toitures avec leurs gigantesques pinces. Rien ne leur résistait.

Dans leurs sillages, un premier commando incendia les ateliers fabriquant de peau, tandis qu'Alex pénétrait dans le hangar où des naturalistes tentaient de recréer des animaux vivants et des plantes. Son tank qu'il avait programmé pour qu'il obéisse à la voix, comme un simple chien, ramassait les échantillons qu'il désignait. Il engloutissait voracement.

Un second bataillon d'humanoïdes sortant de l'on ne sait où, entra en action tandis que les volatiles revenaient, cette fois, non plus avec du napalm, mais avec de la traditionnelle rafale de 9 millimètres. Les balles ricochaient sur les carapaces métalliques et prenaient des trajectoires imprévisibles. Un corps à corps s'engagea. A plusieurs, les hommes neutralisèrent les machines à deux pattes, couchés au sol, coinçaient la cuillère d'une grenade dégoupillée dans un trou situé dans la nuque du robot et se sauvaient. La machine n'avait pas le temps de se relever que sa tête éclatait. De plus malins bousculaient les automates à plusieurs reprises pour les dévier de leur trajectoire programmée et les machines s'en allaient se perdre dans l'immensité des sables.

Le soleil arrivait dangereusement bas. Dans quelques instants les tanks arrêteront leur progression. Il était trop tard pour battre en retraite. De La Ramière ordonna aux mastodontes de se former en cercle, un peu à l'idée des pionniers du nouveau monde pour se protéger des attaques des indiens.

Cela en était fini, le soleil rougissait. Les hommes s'attendaient au pire, terrés dans les trous qu'ils venaient de creuser. La nuit allait être longue et mouvementée. Pour l'instant, seules les flammes de l'incendie s'agitaient, elles crépitaient, semblaient hurler au moindre coup de vent et s'en repartaient encore plus grandes. Les chenillettes des Charly étaient provisoirement mortes, seuls leurs ombres animées par le feu leur donnaient un semblant de vie. Parfois quelque chose explosait dans un hangar, un baril d'essence, peut-être une machine. Puis, peu à peu, lentement, tout cessa. L'obscurité envahit tout. L'Etat-major se réunit. Avant une potentielle attaque, le stock de robots devait être à bord des tanks, de manière à être prêt à partir dès les premiers rayons du soleil. Le vieil autobus et deux camionnettes avaient suivi les combattants. Ils seraient les seuls véhicules à se mouvoir la nuit si leurs batteries tenaient le choc.

Alex démarra le mastodonte gris du transport en commun. C'était certainement sa dernière mise en route. Il écrasa des deux pieds l'accélérateur. Le véhicule toussota et crachota du moteur avant de prendre de la vitesse. Le terrain en pente s'y prêtait. Il vibrait de toutes ses vitres, tremblait de toutes ses tôles, frémissait du volant. Alex cala la pédale avec une pierre et sauta en marche.

Dans un dernier vrombissement triomphal, il écrasa son groin de cochon sur la porte blindée du hangar. Les gongs se déchiquetèrent, pas complètement mais cela suffit à l'introduction d'un commando, chalumeaux en main. Les deux camionnettes transportèrent les robots déstockés vers les "chenillettes" inertes, puis repartaient de toute la puissance de leurs chevaux fiscaux pour de nouveaux chargements. Le stock était énorme, peut-être 10 000 machines ou plus. Le jeu en valait la chandelle...

Les hommes s'affairaient au maximum sachant qu'ils pouvaient être interrompus d'un moment à l'autre par une nouvelle contre-offensive. Elle arriva en milieu de la nuit.

Des engins cylindriques signalèrent leur présence par plusieurs rayons mortels qui abattirent des sentinelles. Ils étaient montés sur des réacteurs qui les maintenaient et les mouvaient à une trentaine de centimètres du sol. Cette gravitation rendait les bâtons de dynamite et les grenades inopérantes. Le colonel se donna cinq minutes de réflexion pour trouver le point faible de cet ennemi. L'œil à infrarouge qui permettait à l'appareil de cerner l'homme de nuit, était sur le dessus du tonneau et tournait comme un gyrophare. Détruire cette capsule pouvait immobiliser l'appareil devenu aveugle. Se saisissant d'un chalumeau, de La Ramière expérimenta sa théorie. La langue de feu cracha. Le robot détectant l'humain, tourna de 180 degrés sur lui-même, mais la rapidité du feu eut raison de la sophistication de la machinerie. Le robot lâcha son rayon à un ou deux degrés à côté de l'officier, puis partit dans la direction opposée. Une dizaine seulement de ses appareils avait envahi le champ de bataille, les hommes cherchaient davantage à les esquisser qu'à les combattre et pour cause...

La nouvelle tactique ne fonctionnait pas à chaque fois, le combat dura toute la nuit.

A l'aube avec le retour de la "photosynthèse" des "chenillettes", les tanks ferrailleurs, par instinct électronique, s'emparèrent automatiquement des dépouilles métalliques restantes, des robots survivants, de l'autobus et des camionnettes. La bataille cessa faute d'adversaire. Puis, il fallut neutraliser les charlies en enrobant leurs panneaux solaires car ils s'attaquaient aux stocks de robots récupérés par les humains. Une nouvelle reprogrammation s'imposait.

CHAPITRE XI

Bien longtemps avant le grand chambardement, les anciennes carrières de gypse de la Vallée de Chevreuse d'où l'homme extrayait le plâtre depuis des temps les plus anciens, avaient été aménagées en bassin d'eau potable pour alimenter la Capitale.

A l'époque, la grande sécheresse de 1976 avait complètement tari toutes les sources ainsi que le sous-sol. Il avait fallu cinq ans à la terre pour retrouver son hydrométrie normale. Durant cette période, les eaux des pluies ne pénétrant plus dans le sol à cause de sa dureté, coulaient librement à la surface et provoquaient des inondations dans les villes situées généralement en fond de vallée. Ainsi, Paris avait essuyé plusieurs raz de marées venant de Suisse. Les ingénieurs de l'époque avaient tenté de protéger toutes les villes menacées en créant des bassins de rétention alimentant ainsi en eau potable en attendant le retour des nappes phréatiques.

L'eau avait coulé sous les ponts, comme on disait à l'époque, et les carrières souterraines oubliées. Paul, le Géologue qui avait découvert ses bassins sur des plans, avait proposé la construction de la fabrique de robots sur l'un de ces sites certainement inconnus des androïdes et de son Grand Conseil.

Kate fut toute désignée pour concevoir et organiser les montages des chaînes de construction. Les hommes de son équipe furent informés de son origine androïde ainsi que de ses appétits sexuels dus à une malformation synthétique.

Alex, aidé d'une vingtaine de complaisants reconvertis, créa une armée de robots avec les kidnappés de l'usine détruite. Ils programmèrent individu par individu. Quelques modifications furent faites au passage sur indication de Kate et, compte tenu des résultats qu'ils avaient obtenus ensemble, sur leurs recherches en laboratoire universitaire. Il n'y avait pas moins de 19 556 machines.

Le ruban d'asphalte défoncé se déroulait sous les véhicules. Parfois, le mauvais état de la route obligeait les conducteurs à donner un brusque coup de volant, à la dernière minute. Un nid de poule avait surgi de l'arrière du précédent camion, mettant à rude épreuve les amortisseurs à bout de souffle.

Alex réfléchissait à ce qu'il venait de lire dans un vieux livre récupéré par Paul qui cumulait à la fois, les fonctions de géographe et d'historien archiviste.

Un immense réseau routier avait existé. Il parcourait le continent et même les autres continents reliés par des souterrains. Les autorités de l'époque avaient été astreintes à réglementer la conduite sur les routes tant le trafic devenait important. Les conducteurs provoquaient de nombreux morts, surtout en début et fin de week-end, car chacun voulait faire ce qui lui plaisait sans tenir compte des autres. Les gens de l'époque se précipitaient dans leur auto dès qu'un jour de repos arrivait pour partir à la campagne. Là, ils respiraient mieux car l'air des villes se polluait. Certains mourraient, soit à l'aller, soit au retour. Les autres rentraient chez eux. L'homme, son propre prédateur, s'éliminait lui-même de cette façon, ou en se faisant la guerre. Cela était-là la loi naturelle, l'épuration du dernier maillon de la chaîne alimentaire, quand il ne mourait pas d'un microbe.

Ce phénomène de transhumance provisoire échappait aux sociologues de l'époque. Pourquoi risquer la mort chaque fin de semaine, même si c'était pour mieux respirer une vingtaine d'heures seulement. Les médias émettaient leurs opinions. Les journaux scientifiques de l'époque et les hommes politiques parlaient de ghetto, de grands ensembles multiraciaux, d'HLM, où cohabitaient des ethnies et des cultures différentes. Alors, on s'échappait des villes pour récréer involontairement à la campagne, les mêmes problèmes d'urbanisme. On appelait alors ses lieux, des villages de vacances. Les gens payés un mois par an, à ne rien faire, partaient en vacances. C'était inscrit dans un code de travail. On les obligeait à se reposer, même s'ils ne le désiraient pas. D'ailleurs, les usines fermaient un mois, à la belle saison, pour que certains ne vinssent pas produire malgré l'interdiction. Par contre, d'autres, eux, ne travaillaient jamais. Il n'y avait pas assez de travail pour tout le monde, alors ceux-là recevaient de l'argent pour ne rien faire. C'était les chômeurs. D'autres encore faisaient des enfants qui leur rapportaient des allocations pour vivre. Ceux qui travaillaient, alimentaient toutes ces caisses, y compris les impôts. Ce qui était normal puisque ceux qui ne travaillaient pas, n'avaient pas de salaire même s'ils recevaient de l'argent par ailleurs. C'était la solidarité nationale. C'était le social. Il y avait eu des révolutions, des gens étaient morts pour que certains puissent avoir le droit au travail, avoir un mois de vacances tout en nourrissant ceux qui ne travaillaient pas.

Puis un jour, le système dérapa, car il n'existait que dans certains pays et pas dans d'autres. Les natifs des nations défavorisées, de plus en plus nombreux, vinrent grossir le pays où des populations touchaient des salaires pour ne pas travailler, l'Eldorado qu'ils appelaient cela. Le nombre des travailleurs n'augmentant pas, ils furent pressurisés encore davantage. Alors, ils demandèrent à échanger leur situation avec les chômeurs et faire un roulement, une sorte d'alternance. Je travaille cinq ans pour toi, tu travailles cinq ans pour moi... Mais ceux qui avaient perdu l'habitude de travailler, refusèrent. Ils eurent raison. Ils ne pouvaient pas se remettre à travailler, comme ça, du jour au lendemain. Un emploi se méritait, ils revendiquaient le statut social de salarié, imposable et corvéable à merci. Tout le monde ne pouvait pas se permettre d'avoir l'insigne honneur d'entretenir des chômeurs. Certains, même, n'avaient connu ni le bureau, ni l'atelier. Etre renfermé dans un local, alors que le soleil brillait dehors... De plus, il n'y aurait pas eu de grosses différences entre les salaires des nouveaux travailleurs et les allocations, secours divers qu'ils percevaient sans rien faire. Le travail clandestin ou "au noir" gratifiait même d'avantage que le labeur déclaré.

    - Ainsi était la vie, s'esclaffa Alex, sortant de sa méditation, sans s'apercevoir qu'il monologuait déjà depuis un bon quart d'heure.

Les chenillettes roulaient de toute la puissance de leurs chenilles. Un aménagement arrière nouvellement créé, leur permettait de remplir leur office de transport de troupes. Les nouvelles troupes d'auxiliaires robotiques du Colonel de la Ramière, peintes en rouge afin de les reconnaître dans la bataille, se retrouvaient engagés contre leurs propres frères. Les humains les avaient baptisés les primaires par opposition aux nouveaux modèles qui devraient sortir des chaînes de Kate. Armés d'un simple rayon laser qui sortait de leur poitrine, ils fonctionnaient uniquement sur batterie et étaient aveugles. Ils recevaient leur ordre par des signaux ultrasons lancés d'un simple sifflet. La codification se bornait aux commandes, "avancez, reculez, tournez, attention à gauche". Leur détecteur de chaleur humaine avait été retiré et pour cause...

La tour spiroïdale du Grand Conseil surgit brutalement d'entre deux collines pelées. Il était peut-être déjà trop tard, l'ennemi avait repéré les hommes de La Ramière (et ses androïdes). Aucune possibilité de se mettre à couvert. Les véhicules accélérèrent cherchant à gagner du temps sur l'éventuelle réaction de l'adversaire.

Le but de la manœuvre était, aujourd'hui, de créer une diversion en attaquant la cité interdite, ce qui permettrait à une patrouille de s'infiltrer pour glaner des informations stratégiques.

Lesquelles ? C'était à prendre sur place. Malgré plusieurs tentatives d'infiltration, ils n'avaient pu avancer très loin en territoire protégé. Les bâtiments restaient inexplorés.

Quel type de machine les androïdes allaient-ils sortir contre leurs propres robots ?

Comme d'habitude, tout avait été organisé minutieusement.

Le donjon torsadé tourbillonna lentement d'abord, puis de plus en plus rapidement jusqu'à se transformer en toupie. Comme un foret de perçage pétrolier, elle s'enfonça dans le sol. A l'inverse, des plateformes armées de canons, émergèrent de la terre. Des radars sortirent et déployèrent leurs paraboles qui se mirent à pivoter en tous sens. Le premier Charlie de tête explosa presque immédiatement, comme foudroyé. La quantité importante de la force attaquante avait déclenché un plan de sauvegarde colossal et immédiat. Les expéditions précédentes composées de quelques hommes n'avaient provoqué aucune alarme.

Une telle puissance de feu, provoqua la retraite. Au fur et à mesure que les tanks s'en retournaient, les plateaux montaient de telles sortes qu'elles pouvaient toujours tirer sur les véhicules qui s'enfuyaient, par-dessus les collines. A cette allure, la colonne risquait d'être vite disséminée dans ce désert. Un groupe de rochers se profilait sur la gauche à moins de 50 mètres. Le Colonel décréta une mise à l'abri. Deux chenillettes et les primaires qu'ils transportèrent, se transformèrent en épaves, le temps de cette mise à couvert. Les rayons mortels canardèrent les rochers entre lesquelles les chars s'étaient introduits. Certains se fendirent, d'autres résistèrent. La pierre protégeait hommes, primaires et matériel. La pluie de rayons continua à pilonner la position du Colonel deux heures durant. D'où les humanoïdes pouvaient-ils tirer toute cette énergie ?

Tout se calma soudainement. Une dizaine de minutes de silence, précéda un bourdonnement d'abord lointain, puis de plus en plus rapproché et intensif. De gros hélicoptères se dessinaient dans le ciel. Ils ressemblaient aux frelons américains de la dernière guerre. Ils encerclèrent la zone où se tenaient de La Ramière et ses hommes. Morin en compta onze. Ils tournaient comme des oiseaux de proie, descendirent en hélicoïde, soulevant des nuages de poussière. Les tuyères se stabilisèrent, les palmes se replièrent pour disparaître dans leur carapace. Des tôles blindées sortirent de leurs flans, des pointes se hérissèrent. Les hyménoptères à géométrie variable se transformaient en scarabées. Ils s'ouvrirent pour déverser leur contenant de soldats.

Aux jumelles, Alex observait le déroulement des opérations. Quel ne fut pas son étonnement quand il distingua la silhouette des robots. Ils étaient la reproduction exacte des soldats écossais, kilt, fusil à baïonnette, bonnet à poils. Ils se regroupèrent en vagues d'assaut, un cornemuseur sortit des rangs, se plaça devant les troupes, emboucha son instrument et avança. Les autres, l'arme à la hanche, lui emboîtèrent le pas. Alors que les transporteurs vomissaient leurs écossais, un véhicule identique en faisait autant avec des voltigeurs napoléoniens, fanfare en tête. Puis à l'Est, un autre encore débarquait les lansquenets multicolores du XV° siècle.

Tous ces fantassins convergeaient vers le groupement de rochers entre lesquels les humains se terraient, mais en ligne droite. Ce qui voulait dire qu'une petite partie de l'adversaire seulement se retrouvera devant les rochers.

Cette fois encore, le créateur de ces troupes s'était inspiré d'archives historiques, comme l'avaient déjà constaté Alex et les autres, une reconstitution totalement anachronique puisqu'il devait y avoir 200 ou 300 ans entre les différents uniformes. Ce génie diabolique plaçait ses troupes pour reconstituer la bataille d'Austerlitz. Le Colonel, qui avait reconnu la stratégie pour l'avoir maintes et maintes fois travaillée à l'école militaire de Saint Cyr, voulait s'en sortir. Il ne pouvait que déployer ses soldats comme les armées autrichiennes et russes, le 2 Décembre 1805. Son adversaire s'était réservé le rôle de l'empereur français. Cela ressemblait à un défi.

Qui y avait-il derrière ce Grand Conseil ? Un homme simplement ou un démon ? L'éternelle question ! Et toujours cette recherche de récréer des événements humains avec des erreurs.

De La Ramière ne croyait pas que des mousquets ou des lances armant les grognards de la garde et les légions de César, allaient l'affronter. Ils devaient avoir des lasers camouflés dans ces armes d'un autre siècle. D'ailleurs, d'ici peu, il pourra constater la véracité de ses doutes.

Le désert se couvrait de points qui déferlaient dans un sens, puis dans un autre. Les troupes manœuvraient. Les frelons transporteurs devenus scarabées continuaient leur mutation. Puis ils s'enfoncèrent dans le sable.

Les chenillettes sortirent de leur cache et se positionnèrent en ruban face à l'adversaire. Les primaires débarquèrent des véhicules. Leurs véhicules, en appui, avançaient derrière. Alex avait pris la direction de l'avant-garde. Sans le savoir, il était dans la peau du Général Buxhovden sur l'immense échiquier d'Austerlitz, le dos au Plateau de Pratzen. L'armée de Davout s'avançait sur lui. Il ordonna l'accélération de la marche pour un affrontement rapide.

- Non, hurla dans la radio le Colonel, fais attention à ton aile droite. Les humanoïdes cherchent à faire étirer nos troupes pour mieux les couper. Attention à Soult, derrière, sur ta droite.

Effectivement une escouade importante de gendarme à pied arrivait. Au même instant, Alex vit surgir sortant du sable, deux immenses coléoptères qui écrasèrent une bonne vingtaine de ses primaires. Un Charlie fit volte-face pour en éperonner un qu'il renversa. L'autre disparut dans le sol. Les primaires restants crachèrent du laser sur les pandores qui s'enflammèrent. Contrairement à l'autrichien, Alex avait flairé le piège dans lequel il avait failli tomber. L'ennemi voulait l'attirer pour couper la colonne en deux et prendre à revers les deux tronçons. Davout et Soult avaient échoué. Mais comment le Colonel avait pu flairer la traîtrise. De sa position il n'avait pas pu voir arriver l'ennemi.

- Bien joué Xavier, dit Alex dans son micro, sans toi j'étais fait comme la romaine. Mais comment as-tu su ?

- On joue aux petits soldats actuellement, nous sommes en plein Austerlitz...

- C'est quoi Austerlitz, une gare...

- Une bataille de Napoléon...tu es Buxhovden, le général autrichien... Depuis sept heures, j'essaie de contacter le Gros pour le prévenir qu'il va s'enliser avec ses chenillettes, comme Koutouzov avec son artillerie russe. Mais la liaison est impossible... Peux-tu lui porter secours... Il devrait être à 60 degrés nord-est de ta position. Nous allons battre en retraite, les humanoïdes envahissent le Plateau de Pratzen, moi je me risque, j'ai rendez-vous avec l'histoire. Je vais faire connaissance avec Napoléon...

- Allo, Xavier, ne fais pas le con. Allo, tu m'entends...

La communication venait de s'interrompre. Une heure plus tard, Alex retrouvait Morin pataugeant dans les marais avec trois de ces chenillettes, le paradoxe étant de s'engloutir dans des terrains engorgés d'eau en plein désert sous une chaleur de 45 degrés.

Le Colonel avait laissé sa colonne se replier sous les ordres de Paul pour foncer, Nord-ouest, derrière le plateau où devrait se trouver le producteur de ce mauvais film hollywoodien au milieu de sa garde impériale. Sa connaissance de l'histoire lui avait rappelé que l'Empereur avait failli être fait prisonnier par les cosaques alors qu'il s'était avancé hors de ses lignes.

Il coupa la route de Brünn, traversa un Goldbach restauré pour la cause. Son char escalada sans difficulté les reliefs du piton observatoire. Il roula doucement sous couvert des arbres. Près du but, il opta pour progresser à pied. Armé d'un lance-flammes, il s'approcha d'un véhicule qui était là en pleine nature, mi tanker, mi fusée. La porte étant située à l'opposé de son arrivée, il contourna largement la clairière. Le moindre craquement de branche le trahirait. Des humanoïdes de la dernière génération s'affairaient autour d'un parallélépipède translucide placé sur le point le plus haut de l'engin. L'occupant de cette cabine pouvait voir de son piédestal, la vallée, les plateaux environnants et sans doute les mouvements des armées. De son fourré, Xavier porta ses jumelles à ses yeux qu'il ne crût pas. Puis, un dégoût suivi d'un vomissement le prit.

La chose, là-haut était un homme écorché, sans membre qui flottait dans une substance visqueuse. L'apesanteur de son milieu faisait qu'à la moindre impulsion de son corps, il tournait dans tous les sens. Les tuyaux le reliaient à des appareils situés en dehors de son bocal, moyen avec lequel il communiquait avec ses servants robotiques. L'absence de boîte crânienne mettait en protubérance un cerveau démesurément développé d'où sortait une multitude de fils électriques. Les deux blocs oculaires, reliés au reste de la carcasse par leurs nerfs optiques, pendaient.

Ce monstre vivait, respirait, ordonnait, faisait tuer. Xavier tourna le robinet de son arme, bondit de sa cachette, sauta sur le premier palier qu'il déclencha. Les androïdes qu'il avait bousculés, ne réagirent pas et continuait leur vacation. Le monte-charge ne montait pas assez vite et l'exposait aux lasers adverses. A quelques mètres de l'horrible chose, alors qu'il venait d'allumer son lance-flammes, une sirène se déclencha, la cabine entra immédiatement dans l'engin, les portes se refermèrent. Le palier sur lequel il montait, se replia. Il dut sauter dans le vide. Deux tuyères sortirent, allumèrent et l'engin monta lourdement.

Les serveurs humanoïdes n'avaient pas eu le temps de rentrer, ils tournaient désappointés. Inoffensifs, Xavier les récupéra dans son Charlie. Il venait de faire la connaissance d'un membre du Grand Conseil.

Kate, dans les carrières souterraines, menait rondement son affaire. Les machines dirigées par d'autres machines sortaient une génération robotique "super informatisé", les XX-22 surnommés les "habilis" puisqu'ils pouvaient se servir d'outils. Ils avaient été élaborés par Kate pour la cybernétie et par Alex pour l'informatisation. Les composants électroniques se récupéraient au fur et à mesure, soit au cours d'expéditions souterraines dans d'anciens magasins découverts, soit par prélèvement sur les prisonniers humanoïdes eux-mêmes. Cependant, certains d'entre eux commençaient à se fabriquer sur place. Un jeune ingénieur qui plaisait à la "patronne" et récemment recruté, faisait des merveilles. Le moteur à azote avait été repris comme unique source d'énergie de fonctionnement. Le principe de la peau synthétique et des organes moléculaires avait été totalement abandonné puisqu'il fallait des prélèvements humains en début de la chaîne. Chaque individu était un ordinateur à pattes, bourré de pentium.

Jusqu'à présent, les événements n'avaient pas permis à Kate de souffler, ni à Alex d'ailleurs. Les montages de l'usine avaient occupé son esprit. Maintenant, le travail lui laissait plus de loisirs parce qu'à part une simple surveillance banale, tout était automatisé. Elle pensait qu'Alex la délaissait et l'abandonnait à ses gros besoins qu'un fourvoiement humanoïde l'avait doté.

Ce jour-là, le Colonel lui ramena, pour en récupérer les pièces, les cinq androïdes abandonnés par le membre du Grand Conseil. C'était des derniers modèles, ils étaient sexués. Elle les emmena dans son laboratoire pour les dépecer, puis se ravisa. Bien que n'ayant jamais eu de jouissance avec ses congénères, elle ne put résister à la tentation d'un nouvel essai.

En rentrait de mission, un groupe d'homme attira l'attention d'Alex. Il s'esclaffait devant la porte du laboratoire entrebâillée. A son approche les ricanements cessèrent et tous se dispersèrent.

Il poussa la porte, des gémissements se faisaient entendre. Derrière une table, il trouva Kate en action avec deux humanoïdes "top niveau", alors que les trois autres attendaient leur tour. Dans leurs ébats, aucun ne s'aperçut de sa présence malgré ses toussotements. Au changement de partenaire, elle le vit et l'invita. Alors, il la releva brutalement et la gifla, vieux réflexe d'humain. Elle ne comprit pas le sens de ce geste et questionna son compagnon :

- Pourquoi n'es-tu pas venu ? Par pudeur pour les XX23Y.... ? Viens, on va faire ça, alors, chez nous.

Alex ne desserra les dents durant le retour dans leur appartement. Au passage, il crut entendre des quolibets, des railleries des gens qu'ils croisaient.

- Rends-toi compte, éclata-t-il, que tout le monde t'a entendu geindre comme une femelle en chaleur...

- Eh bien, c'est normal !...

- Tu es folle ou quoi. Certains n'ont pas vu de femmes depuis dix ans. Ils vont tous vouloir te baiser, maintenant, les hommes c'est comme cela ? Pourquoi les robots et pas nous ?

- Qu'ils viennent. Il n'y a pas de mal...

Sans même avoir entendu ses dernières paroles, il continua :

- Et le Colonel que va-t-il dire ? La discipline est la force des armées et toi, tu vas foutre la pagaille entre les mecs...

- Ton Colonel, lui, il n'a pas de besoin ? Il n'a pas de couilles ?

- Si mais... Non, une grenade l'a blessé en Algérie...

- Alors, voilà pourquoi il ne peut pas comprendre...

- La question n'est pas là. Le problème, c'est la discipline. Si les hommes se chamaillent pour toi, ils n'obéiront plus...

- Je ne comprends pas, vous vous compliquez l'existence, vous les humains.

Elle se fit alors plus chatte, se frotta contre lui, ronronna.

- Je crois que cela me reprend. Viens vite...

CHAPITRE XII

Après le récit fait par Xavier de La Ramière sur son étrange découverte, il n'était plus possible aux hommes de rester dans l'inaction. Des hypothèses les plus diverses jaillirent au cours de cette réunion d'Etat-major. Un homme dans le formol commandait aux machines, les humanoïdes s'étaient révoltés contre leur créateur et conservaient son cerveau pour ses connaissances... De toute façon, il fallait détruire ce monstre. Sa destruction désorganiserait les androïdes.

Selon les prévisions de Kate, les chaînes produiront 200 robots habitis par mois. L'autonomie de ces machines ressemblait assez à celle de l'homme et nettement supérieure aux performances de la dernière génération d'humanoïdes. De plus elles pouvaient piloter les petits véhicules volants que Vincent Diaz mettait au point. Le Colonel ambitionnait de créer une sorte de cavalerie aérienne légère, avec une force de frappe considérable, pour harceler les grosses pièces ennemies comme une escadrille d'abeilles.

Les robots primaires composeront le gros de l'infanterie et les chenillettes leur appui tactique.

Le Colonel, alias le Vieux pour ses hommes, réfléchissait aussi à la confection de canons à longues portées qui s'avérait nécessaire compte tenu de la rapidité d'intervention de l'adversaire, pouvoir frapper l'ennemi avant qu'il détectât leur présence.

Tout l'arsenal classique, obus, les mines, grenades, n'ayant plus aucune efficacité, les nouveaux efforts de recherche portaient sur la concentration de l'électricité à bas voltage d'un fusil. Cette arme jetait de la foudre à partir d'une simple pile, le rayon Z, une adaptation de la bobine haute tension automobile. C'était l'unique moyen d'arrêter physiquement les humanoïdes. Techniquement, les recherches sur les nouveaux matériels avançaient rapidement et cela grâce à Kate et à la réunification des communautés.

Dans le monde souterrain, la réputation des sectionnaires devenait telle que les bandes de voyous n'osaient plus s'attaquer aux patrouilles, même à un individu seul. Spontanément grands nombres de ces petites frappes entraient dans les rangs des militaires. C'était aussi le seul moyen pour eux, de manger et de continuer à vivre. Les réserves d'avant le grand cataclysme s'épuisaient chaque jour d'avantage, seules les communautés produisaient de l'alimentation.

Le point ayant été fait, l'Etat-major décida d'attaquer de nouveau la Cité Interdite. Une offensive en force se solderait immanquablement, une nouvelle fois par un échec. Un dynamitage par l'intérieur, provoquerait certainement plus de dégâts, mais les volontaires pour cette expédition courraient au sacrifice. Vieux réflexe militaire, Xavier se proposa immédiatement pour cette mission. Remarque faite qu'il était le seul militaire de formation, sa présence restait donc obligatoire à la tête de ses troupes. Une seconde observation attira l'attention. Cette mission requérait toutes ses facultés intellectuelles par sa complexité de pénétration dans le milieu. Toutes personnes ayant subi un lavage de cerveau devaient s'abstenir ce qui limita les volontaires. Alex Gabet se sentit obligé de lever le doigt, des regards s'étaient tournés vers lui. Ce n'était pas qu'il avait peur, mais il n'y avait pas pensé. Le Colonel proposa que Kate l'accompagnât, s'il en était d'accord. Son arrière pensé était que l'humanoïde femelle foutait de plus en plus le bordel dans ses équipes. Elle venait, le matin même, de faire encore scandale avec le jeune Vincent Diaz, présent à la réunion et qui n'avait pas encore l'air de s'en remettre. C'était un moyen de l'éloigner, d'autant qu'elle avait tout mis en place pour la production robotique et que sa présence n'était plus nécessaire. Raison d'état oblige.

Une carte permettait d'approcher d'assez près des bâtiments de la Cité, individuellement, en déjouant l'appareillage d'alarme. Plusieurs missions de relevés topographiques avaient relevé la présence de rayons. Un équipement spécial devra accompagner les deux kamikazes.

Ils partirent de nuit. Aux environs de la Cité Interdite, ils dissimulèrent le véhicule biplace qui les avait amenés. Ils suivirent à la torche électrique le chemin indiqué sur la carte.

Depuis leur dernière attaque, le grand cylindre avait repris sa position ordinaire. Les batteries avaient disparu sous terre. Le clair de lune permettait de distinguer les silhouettes des radars et des palpeurs antipersonnel. D'ailleurs un clignotant signalait leur présence. Le piège, le plus courant était le faisceau en travers du chemin. A chaque pas, ils scrutaient le sol. Ils avancèrent ainsi jusqu'à l'endroit où la carte devenait muette. Un bâtiment se profilait à quelques mètres d'eux ou plus exactement un grand porche du style arc de triomphe. Ils changeaient constamment leur sac d'épaule, leur lourdeur les incommodait. Que pouvait-il y avoir là-dedans ? On leur avait parlé de masque à gaz parce que les humanoïdes ne détestaient pas de temps à autre, d'employer certaines émanations toxiques pour l'homme. Ils portaient en bandoulière un pistolet à rayon Z, la dernière trouvaille de Vincent Diaz. Ils étaient les premiers à tester cet engin que leur inventeur disait de fiable. Non convaincus, quelques essais et fignolages supplémentaires, n'auraient pu que les rassurer. Il émettait simplement à vingt mètres une décharge électrique à haute tension, un coup de foudre en quelque sorte. Potentialisés par les armatures de ferraille, les électrons détruisaient les circuits imprimés des robots, quel que soit leur génération.

Ils s'engagèrent dans un couloir sans porte, lampe éteinte, main dans la main. La moindre lueur s'apercevait à des kilomètres de distance. Plus ils avançaient, plus le cercle du clair de lune se rapetissait derrière eux, jusqu'à devenir tête d'épingle. Ils sentirent sous leurs pieds que ce boyau se transformait en tube résonnant. Ils s'enfonçaient dans l'inconnu, l'angoisse les saisit. N'allaient-ils pas rencontrer soudainement, au premier coude, toute une tribu d'androïdes ? Alex se risqua à allumer sa lampe de poche pour regarder l'heure et sa boussole. L'aiguille ne tournait plus affolée, comme d'habitude, mais elle semblait plaquée sur les chiffres du cadran. Il la secoua en vain, la cogna contre la boucle de son ceinturon sans le moindre effet. Ils étaient au centre de la zone magnétique. Ils aperçurent dans le lointain une vague lueur. Kate se rapprocha de lui.

- Mais non, c'est ma propre lampe qui doit se refléter contre un morceau de métal, preuve que ce tunnel a une fin en aboutissant à une porte.

Pour confirmer ses dires, il éteignit la lampe et la lueur disparut.

- Tu as pu voir qu'il nous reste un bon bout de chemin avant la sortie ou l'entrée.

Ils avançaient toujours dans l'obscurité la plus complète. Combien de distance avaient-ils parcouru depuis le début ? Dans combien de temps ? Toutes notions avaient disparu. Puis la lumière réapparut, bien au centre, cette fois. Ils sortirent leur pistolet Z. Leur tête se fit lourde.

- Les gaz, hurla Alex.

Ils se précipitèrent sur leur sac, sortirent tout un tas d'objets hétéroclites avant de trouver et s'enfiler leur masque. Ils remirent en toute hâte les choses répandues au sol dans leur paquetage. La lueur, qui avait réapparu, s'amplifia, puis se rétracta. S'approchait-elle puis se reculait-elle ? Ils pressèrent le pas vers elle. Elle s'éteignit une fois encore, les replongeant dans le noir, les yeux étoilés de petites étincelles. L'alerte avait été chaude, c'était peut-être reculer pour mieux sauter. Etaient-ils repérés. Aucun doute.

Ils arrivèrent enfin devant une plaque métallique. Alex souleva son masque pour sentir, les gaz avaient disparu. Ils examinèrent le métal qui leur faisait obstacle. Il s'agissait bien d'une porte qui coupait le tunnel en deux, s'ajustant parfaitement au sol. L'angoisse ne les avait pas quittés. Ils frappèrent sur la porte à tout hasard, attendirent comme pour demander l'hospitalité. Ils ne pouvaient rester dans ce cul-de-sac. Ils s'apprêtaient à rebrousser chemin quand un glissement se fit entendre. Kate braqua sa lampe, la porte s'ouvrait en dévoilant de nouveau la lumière, mais opaque, cette fois Ils comprirent que c'était l'ouverture circulaire qui lui donnait cet aspect de point lumineux. Ils enjambèrent tour à tour la base de l'ouverture et se retrouvèrent dans une salle ou dans un boyau plus grand. Leurs pieds s'enfoncèrent, soit dans de la boue, soit dans une moquette très épaisse. Ils avancèrent droit devant eux n'ayant pas le choix. L'éclairage devenu complètement blanc, les aveuglait, ils ne pouvaient plus voir les côtés. Il n'y avait plus de doute, on les attendait. Ils ne pouvaient plus s'enfuir - trop tard. Cette marche au sacrifice leur sembla durer une éternité quand soudain, ils sentirent quelque chose les saisir. Tout s'éteignit. On les souleva, on les sangla et les retourna.

Leurs yeux s'habituaient à la clarté ambiante redevenue normale. Ils roulaient dans un petit wagonnet, personne autour d'eux. Ils allaient dans un long couloir partagé au sol par le rail sur laquelle ils se mouvaient. Des conduites noires au plafond circulaient au-dessus de leur tête. Le couloir changeait souvent de couleur et d'intensité lumineuse, il se modifiait au gré de sa propre fantaisie, mais toujours une sorte d'opacité, de brouillard, régnait. Ils tournèrent à gauche dans un autre couloir, puis à droite dans un troisième. A chaque intersection de corridors, leur petit véhicule sautait sur un aiguillage. Enfin, ils stoppèrent au milieu d'une immense pièce circulaire. Terminus, le rail n'allait pas plus loin.

L'éclairage s'intensifia de nouveau. Ils descendirent. Les liens tombèrent au sol. Le wagonnet disparut dans l'obscurité. Ils étaient sous des projecteurs. Ils distinguèrent une sorte d'amphithéâtre avec les tables éclairées, mais dont les visages des occupants, restaient dans le noir. Ils se resserrèrent l'un contre l'autre. Une voix d'outre-tombe résonna.

- Alex Gabet, homme et Kate Lambert, femelle androïde, vous venez d'enfreindre l'interdiction d'entrée dans la Cité. Par ailleurs, vous avez été déclarés indésirables sur terre et rebelles à la Haute Juridiction. Vous avez tous les deux trahis la confiance du Président du Grand Conseil, c'est à dire moi, en ce qui concerne les tâches scientifiques que je vous avais confiées. Vous vous êtes révoltés contre les androïdes policiers venus exécuter la sentence de mort décrétée par nous. Vous allez être jugé une seconde fois compte tenu de votre dernier crime.

Je parle pour vous, Alex Gabet qui est un humain, car pour la machine femelle qui vous accompagne, notre loi ne permet pas un jugement mais directement le recyclage. Vos juges sont devant vous. Qu'avez-vous à dire à cette honorable assemblée pour votre défense ?

- L'obscurité dans laquelle vous vous cachez, ne me permet pas de vous voir. J'ignore qui vous êtes, ni combien. Je ne connais pas vos desseins sur la terre... D'ordinaire, il convient que les juges officient à tête découverte et non comme les cagoulards d'une secte de voyous. Êtes-vous des humains ? Des androïdes ? Des extra-terrestres ?...

- Peut-être un peu de tout cela. Mais que t'importe Alex Gabet, est ce que cela te permettra d'effacer tes crimes ? Poursuis ta défense et tiens-t'en-là.

- Ma défense est simple. Pourquoi détruire l'homme ? Je suis un homme et je combats pour défendre ma race. Je suis un combattant et non un gangster...

- Ta race doit être détruite, car elle est loin d'être parfaite...

- En créant à la place, des hybrides non viables...

- Nous t'avions demandé de travailler pour remettre les choses en place, pour recréer le genre humain disparu ou en passe de disparaître. Si nous faisons des prélèvements de molécules cérébrales sur tes congénères, ce que tu appelles des lavages de cerveau, ce n'est pas par déviance sadique, mais bien pour des essais scientifiques...

- Alors, pourquoi avoir rasé la terre. Avant mon départ pour Saturne, il y avait des forêts, des animaux...

- Ce n'est pas moi qui ai détruit la nature. C'est l'homme lui-même avec ses propres inventions et découvertes. Il est son propre prédateur...

- Alors, qui es-tu, toi qui cause ? Dieu ?

- Oui, je suis Dieu. Ce dieu qui a le droit de vie ou de mort, celui qui crée, celui qui détruit, celui qui a le pouvoir universel.

Les pupitres de l'amphithéâtre s'éteignirent et une lueur rougeâtre emplit la pièce. Les silhouettes des juges du Grand Conseil émergèrent, mais la place centrale du Président était déjà vide.

Des robots s'emparèrent de Kate car elle devait être détruite immédiatement et Alex tué après le rendu de la sentence. Alors, elle s'accrocha au bras d'Alex qui l'agrippa. D'autres androïdes arrivèrent pour séparer de force, le couple. Dans un ultime sursaut, il hurla en direction des gradins :

- Laissez-la, elle est enceinte. Ce n'est pas une réussite ça, Messieurs les scientifiques du Grand Conseil.

Les ombres sur fond rougeâtre se levèrent comme soudainement montées sur ressors, dans un tohu-bohu infernal. Elles s'agitèrent, se consultèrent. Alex sentit une pointe s'enfoncer en lui, aux alentours de la colonne vertébrale. Il s'écroula entre les mains de ses gardiens.

Alex se réveilla sur le sol d'une pièce matelassée, semblable à celles des asiles d'aliénés. Une lueur brillait, comme phosphorescente, aucune lampe, aucun tube éclairant. Il se leva, fit le tour du propriétaire et découvrit un tableau de commande d'une dizaine de boutons. Il appuya sur l'un d'eux, au hasard. Après un ronronnement les murs s'écartèrent agrandissant la carrée. Un second bouton déclencha l'apparition d'un bureau, puis d'un lit. Une climatisation répandit son air glacé. Une terreur le prit soudainement, il n'y avait pas de porte, la porte plus qu'un symbole, la liberté ou la prison, la communication ou la réclusion. Il devait bien en avoir une, sinon comment l'aurait-il introduit dans cette chambre ? Il persista dans la manipulation de son clavier mural. Un Interphone grésilla, puis une charmante voix féminine lui demanda ce que Son Excellence désirait manger. Et voilà, elle lui en remettait de " Son Excellence ". Il répondit du caviar et du champagne, par ironie. Le dernier interrupteur escamota un pan de mur d'environ quatre-vingts centimètres de large sur deux mètres de haut, la porte naturellement. Il n'était même pas prisonnier. Il allait en franchir le seuil et partir en exploration quand une charmante créature s'encadra dans l'ouverture, un plateau en mains. Il s'effaça pour la laisser passer, la porte se referma.

- J'apporte à Son excellence, son caviar et son champagne...

Alex la regarda, étonné. Où avait-elle trouvé ça, peut-être encore du synthétique ? Il souleva le petit couvercle argenté, trempa son doigt dans les petits grains couleur graphique et goûta. Aucun doute, c'était du vrai... ou alors du bien imité. La bouteille portait la marque Dom Pérignon et semblait aussi vrai que les œufs d'esturgeon.

- Je peux rester avec Son Excellence, et lui tenir compagnie pour la journée.

- Pourquoi vous devez ? Et la journée seulement ?

- Parce qu'elle doit me faire un enfant aujourd'hui et demain à une autre femelle.

- Qu'est-ce c'est que ces histoires ?

- Votre Excellence a fait un enfant à Kate Lambert qui est du même type de modèle que moi. Le Grand Conseil a décidé que Votre Excellence ferait l'amour à tous les androïdes femelles du type XY 22 rectifié 99-22, porteuse d'un vagin.

Ces paroles laissèrent Alex perplexe. Il se rappelait maintenant que devant le Grand Conseil, il avait déclaré Kate enceinte pour la sauver de la destruction. Il était impossible que ce fac-similé de sexe de femme, puisse enfanter un petit d'homme.

L'androïde femelle le sortit de ses réflexions.

- Je suis aussi belle que votre compagne, reprit-elle vexée par le silence d'Alex, je suis du même modèle, de la même chaîne de montage.

- Où est-elle maintenant ?

- Sous surveillance médicale, à l'hôpital.

Kate était bien sauvée, c'était le principal pour Alex.

- Si nous passions à table, ravissante XY 22 rectifié 99-23.

- Porteuse de vagin, rajouta-t-elle, vexée par cet oubli. Alors, Votre Excellence me garde...

- Naturellement, si votre champagne est frappé...

En un clin d'œil, la table descendit du plafond, elle mit le couvert et prépara le lit. Voilà de la promptitude, pensa Alex.

Il l'attira sur ses genoux, palpa les articulations des jambes sans rotule. C'était bien une androïde.

Le lendemain matin, il fut agréablement réveillé par une brune pulpeuse à la poitrine avantageuse. Les esthéticiens avaient fait des progrès depuis la confection de Kate. Il sursauta, il avait toujours la blonde près de lui, dans son lit.

Vraiment là, le Grand Conseil le surévaluait. Il ne pourrait jamais satisfaire deux androïdes en même temps, d'autant que si le système persistait, il en aurait une troisième le troisième jour, puis une quatrième et ainsi de suite.

- Votre Excellence, je vous présente Lola, elle sera votre compagne de la journée...

- Et toi ?

- Moi maintenant, j'entre à l'hôpital, sous surveillance médicale, pour attendre l'enfant que vous m'avez donné... Je peux vous rendre le caviar et le champagne que j'ai bu et mangé, hier soir, avec vous.

- Non je te remercie.

Alex se rappela que le modèle XY 22 99 était pourvu d'un réservoir en guise d'estomac, qu'il fallait vider, car l'appareil digestif dont il était pourvu, n'allait pas au-delà de cette poche.

- Je me couche, Votre excellence, reprit immédiatement la nouvelle relève.

- Non, je ne vais pas passer mon existence à l'horizontal, j'ai besoin aussi de recharger mes batteries.

Une sonnerie retentit dans la chambre, un numéro s'afficha au-dessus de la porte.

Lola leva la tête vers les chiffres et annonça.

- Monsieur le Ministre de la Science demande à être reçu par Votre Excellence.

- Le Ministre de la Science ? Qu'est-ce que c'est que cette foutaise ?

- Le mot foutaise est inconnu dans mon lexique...

- Cela ne fait rien. Ouvrez.

La porte monta vers le haut et Alex vit entrer chez lui, un étrange bonhomme dans une chaise roulante. Le gnome se déhanchait sur son siège pour faire tourner ses roues. Ses jambes trop courtes pendaient, il portait des lunettes à verres brouillés. Une escorte de mâles d'acier, tous nus, l'accompagnait, une palette de toutes les races humaines. Rien ne manquait sur leur carapace, ni la couleur de la chair, ni la reconstitution exacte des poils pubiens. Malgré sa cour, personne ne l'aidait à se mouvoir. Il manœuvrait son véhicule avec rage. Il tenait à rester maître de son autonomie à se déplacer. Dès l'entrée de toute cette meute braillarde, les murs reculèrent automatiquement pour faire de la place. Le plafond se souleva de plusieurs dizaines de centimes. Alex regardait tout cela, bouche bée.

- Bonjour, engagea le nabot en lui tendant la main, vous semblez étonné de la mouvance du bâtiment ?

- Oui, effectivement...

- Alors, je vous explique. C'est simple. L'oxygène, qui nous est vital, est très rare. Ici, nous le fabriquons en décomposant de l'eau, en récupérant les molécules hydrogène et oxygène. Cela est très difficile et très long. Nous économisons donc le maximum de ces gaz. Le Ministre de l'Architecture, que je vous présenterai un de ces jours, a mis au point le système des parois amovibles. Un ordinateur réglemente le volume des pièces en fonction du nombre de personne qui s'y trouve. Ainsi, si vous sortez de votre chambre, les meubles disparaîtront dans les murs et les cloisons se rapprocheront jusqu'à se toucher ; ainsi le taux de consommation de l'oxygène sera zéro. A contrario, la pièce où vous allez vous rendre, va s'agrandir et sera alimentée par d'avantage d'oxygène. Astucieux non ?

Reprenant haleine :

- Ah ! Je ne me suis pas présenté, Lecorre, Ministre de la Science...

- Jean-Louis Lecorre, le savant fou ! s'exclama Alex

Après un long silence, il reprit

- ... Excusez-moi... Je ne sais pas quoi...

- Alors, ne dites rien. Mais vrai, il y a de la véracité dans ce que vous dites. On la dit à l'époque, on l'a même écrit. J'avais perdu l'habitude que l'on m'appela comme cela. Enfin, vous, vous n'y êtes pour rien, à l'époque vous convoliez vers Saturne.

- J'ai à vous parler. Sortons, reprit-il nerveusement en secouant son fauteuil pour le remettre dans la bonne direction.

Sa troupe de guignols s'apprêtait à le suivre en continuant leur chahut.

- Restez ici, charognes. Je veux rester seul à seul, hurla-t-il.

Elle s'immobilisa, presque terrorisée.

Par réflexe, Alex se saisit de son fauteuil pour économiser ses efforts.

- Non merci, je mets à point d'honneur à me mouvoir seul.

- Excusez-moi...

- Voilà, engagea-t-il, vous me devez la vie et celle de votre Kate... Je suis intervenu auprès du Président pour qu'il n'exécute pas votre condamnation à mort. Je lui ai expliqué qu'il avait en vous la possibilité de reconstituer l'espèce humaine dont nous avons ici tous besoin. Il a donc décidé de vous faire ensemencer toutes ces femelles androïdes, puisque vous auriez déjà réussi avec une.

Il s'arrêta, regarda Alex dans les yeux. Il reprit sarcastique :

- Ce que je doute... Je suis un scientifique, peut-être fou, mais un scientifique quand même.

Goguenard et pour donner le change Alex demanda :

- Et il y en a beaucoup à engrosser de ces femelles ?

- Si ma mémoire ne me fait pas défaut, il y en a bien 600. Vous avez encore du travail sur la planche, mon cher. Sans compter que la chaîne de fabrication que vos amis et vous, ont détruite, sera bientôt remise en service ailleurs. Alors, préservez bien vos couilles, c'est votre survie pour ne pas dire votre gagne-pain. Il faut que vous sachiez que chaque femelle que vous allez couvrir, doit remettre un rapport détaillé de vos prouesses au conseil scientifique, rapport à des fins médicales naturellement et non par voyeurisme.

Après avoir fait quelques tours de roue dans le nouveau couloir blanc, il continua :

- Je vous ai déjà sauvé une première fois lorsque vous avez atterri. Je vous ai cru assez adaptable pour vous plonger directement dans une faculté avec un titre d'enseignant. Et j'ai eu raison. Cela vous a permis de vous informer de l'état de nos connaissances actuelles. Je ne savais pas ce qu'allait être votre réaction. Même les grands projets ont une part de hasard. Après 43 ans dans l'espace, je ne pensais pas que vous alliez faire croisade pour sauver l'humanité mourante. D'autant que vous n'aviez connu la terre qu'une dizaine d'années. Mais je compte sur vous pour me faire oublier ce premier et unique échec de ma vie car évidemment j'ai besoin de vous. Tenez, je vais d'abord vous faire visiter les lieux. Il va de soi qu'ici, vous êtes entièrement libre...

- Et pour Kate ? Interrompa-t-il.

- Elle aussi, mais elle devra rentrer tous les soirs à l'hôpital pour son suivi. N'aillez aucune crainte, l'état de nos connaissances en gynécologie ne nous permet pas de contrôler l'évolution d'un potentiel fœtus. Vous voilà tranquille pour neuf mois, après on avisera. Je vous demande de satisfaire votre obligation sexuelle journalière vis à vis de nos femelles. Le Président y tient beaucoup et c'est une question de survie pour vous. Je ne vous le répéterai pas assez.

Ils arrivaient enfin au bout de cet interminable couloir blanc. Le blanc d'habitude symbole de sécurité, de guérison, de clinique, semblait ici insoutenable par son extrême blancheur, une blancheur agressive qui disait "va-t'en, va-t'en". Plus blanc que blanc, existait vraiment. Ils entreprirent une descente sur un trottoir roulant. Décidément, il y en avait même dans la Cité Interdite. Un crochet sortit de l'allée mécanique et agrippa l'axe du fauteuil roulant de Lecorre. Il frappa deux fois dans ses mains et le trottoir accéléra. Le trottoir descendait en tourbillon, d'abord en courbes larges, puis de plus en plus courtes jusqu'à un point central situé à 40 kilomètres plus bas. Ces gens ne connaissaient pas l'ascenseur, plus commode et prenant moins de place. L'accélération se fit plus puissante, Alex s'agrippa à la main courante, la tête lui tournait.

- Ça décoiffe, lui lança le paralytique.

L'horrible machine stoppa net. La force produite projeta Alex deux mètres en avant, tandis que Lecorre s'arrimait à ses accoudoirs.

- J'aurai dû vous prévenir, excusez-moi. Nous sommes au fin fond de la Cité où vit le Président.

- Vous allez me le présenter ?

- Non, seulement parce que personne ne le connaît, personne ne l'a vu.

- Comment ça ? Comment vous contacte-t-il ? A la parodie de jugement, il était présent.

- Je ne sais pas. Il est présent partout à la fois. Il peut apparaître un soir dans votre chambre, alors vous verrez une silhouette rectangulaire floue, c'est la manifestation de sa présence physique. Ou vous entendez sa voix, sans rien voir.

- Des micros ?

- Non, j'y ai pensé et j'ai recherché des traces. Je n'ai rien trouvé. Il est présent partout et c'est sa force. Peut-être actuellement il nous écoute...

Cette révélation ne rassurait pas Alex.

- Ici, nous vivons dans la joie comme vous allez pouvoir le constater bien que nous ignorons si le lendemain nous serons toujours vivant.

Ils s'engagèrent dans un boyau drapé de jaune citron. Alex palpa l'étoffe, il s'agissait bien de soie. Les tapis au sol exposaient leurs arabesques bigarrées. Elles donnaient l'impression qu'elles étaient en relief et obligeaient le passant non averti à les contourner. La bande de turlupins de Lecorre déboucha d'un couloir et l'entoura joyeusement. Le Ministre de la Science obliqua son fauteuil à 90 degrés et partit dans une ouverture qui venait de se créer dans le mur.

La salle était immense. Contre les murs des appareils cinématographiques projetaient en trois dimensions des films de la terre, avant sa destruction, de son milieu naturel. On pouvait y voir aussi des oursons, des abeilles en gros plans, même un couple d'humain prenant leur plaisir. Lecorre et sa cour firent une entrée triomphale sous les applaudissements et vivats des autres ministères arrivés avant eux. La foule ovationnait aussi le nouveau venu, le saturnien comme on l'appelait. Alex eut l'impression d'être au milieu d'une immense arène recevant les applaudissements avant le combat avec le taureau. Un spot vert balaya le cortège, puis un violet. Un autre se fixa sur Alex et restera sur lui jusqu'à la fin de la séance. Une seconde suite fit son entrée sous autant d'acclamations, le Ministère de la Paresse, dont le rôle dans la cité était justement de ne rien faire.

La voix métallique d'outre-tombe se fit entendre. Le Président, était arrivé sans tambour, ni trompette. La foule se calma presque aussitôt comme si un vent de terreur soufflait, puis, des applaudissements éclatèrent.

Dieu est là, pensa Alex, réjouissances obligatoires.

- Bienvenue dans notre communauté, à Alex Gabet, le cosmonaute, nous lui souhaitons prospérité. Il sera assujetti au Ministre de la Science, Jean-Louis Lecorre auquel il devra obéissance et fidélité. Que le récipiendaire et son maître avancent.

Lecorre happa Alex d'une main et de l'autre fit tourner une roue de son fauteuil. Ils se retrouvaient tous les deux sous les feux de la rampe.

Alex ne comprenait rien à cette mascarade, d'ailleurs il n'avait jamais rien compris depuis son arrestation, voire depuis son retour sur terre. Il manquait un grand nombre de maillons à cette chaîne. Depuis quelques heures, des événements étranges se déroulaient. Il se trouvait maintenant sujet, homme lige de sa seigneurie Lecorre qui lui avait sauvé plusieurs fois, la vie...

Le maître adouba l'esclave devant la foule en délire. Puis, Alex dut monter dans les gradins où les gens le touchèrent, le bain de foule rituel. Sorti des faisceaux des projecteurs, ses yeux s'habituèrent à la demi-pénombre, tous ces gens étaient des humains bien vivants, réels, absolument pas abrutis par un lessivage de cerveau. Il y avait des vieux, des jeunes, des noirs, des jaunes, des blancs, des hommes et des femmes. Ils sentaient leurs doigts le toucher. Ils l'auraient presque déshabillé dans une hystérie collective comme au temps des "yé-yé" avec leurs idoles. C'étaient peut-être eux aussi des androïdes du modèle XY... Il s'attendait à tout. Un canon de beauté qui ressemblait à Marilyne lui souriait. Il s'en approcha à la fois pour l'embrasser et chercher ses rotules, preuves irréfutables qu'elle était humaine. Son pouce et son index ne purent atteindre son genou, sa main passait au travers de sa masse corporelle. C'était une image virtuelle en trois dimensions, assise à côté d'une autre image virtuelle. C'était des leurres, une foule de leurres dans un monde factice où l'homme était bien absent. Et ce nabot de Lecorre, était-il un leurre ? Ou un fantôme ?

CHAPITRE XIII

Après cette première journée particulièrement agitée, Alex se retrouva dans son appartement. Il avait obtenu du ministère de l'Architecture, division appartement, l'ajout de deux pièces supplémentaires qui avaient été immédiatement mises à sa disposition dès sa demande.

Il fouillait dans sa mémoire pour retrouver l'histoire du savant fou qui avait d'abord fait un clone de brebis puis, soutenu par le gouvernement britannique, avait réussi à créer un clone d'homme. C'était un généticien d'origine bretonne, française donc du nom de Lecorre. A l'époque ce nom l'avait frappé puisqu'il signifiait en vieux breton, merde. Cet homme avait déjà bien la soixantaine dans les années 55-56 et était de taille normale. Il était donc impossible que le gnome et le généticien fussent le même.

L'interphone sonna. L'appareil l'informa qu'un conseil des ministres devait avoir lieu dans les dix minutes qui suivaient. Il se vit convoquer à cette séance en tant que vice-ministre de la biocybernétique. Sa nomination ne devait pas être

240

encore officielle, car lui-même ignorait son nouveau titre. Il s'arracha des mains de son androïde femelle pour se diriger vers le lieu de la réunion. Dans les couloirs, à sa seule présence, des flèches s'allumaient pour lui indiquer le lieu du rendez-vous. Il entra dans une vaste pièce en longueur. Des personnes étaient déjà assises, des places étaient encore inoccupées. Lecorre le héla. Il était assis derrière une pancarte où figurait le titre somptueux de Sa seigneurie le Ministre de la Science, Ministre des Sciences aurait fait encore plus somptuaire. Il s'assit derrière lui à côté d'un autre vice-ministre qu'il n'avait jamais vu. Les courtisans ne participaient pas aux solennités. Le Président n'assistait jamais aux séances du Conseil des Ministres. Alex comprit plus tard que cette instance ne servait à rien et que le Président ne l'était que de nom, car, derrière ce titre démocratique, se cachait un despote qui agissait selon son bon plaisir.

La séance s'ouvrit par la visualisation de l'ordre du jour sur les sous-mains électroniques des bureaux. En tête figurait l'utilité ou non d'un poste de vice-ministre BioCybernétique. La lumière se fit. Alex comprit pourquoi l'éclairage tamisé était de rigueur dans la cité. Chaque assistant était une difformité humaine en elle-même. Alex connaissait déjà son protecteur, le raz motte était une beauté par rapport aux autres. Un tour de table lui permit de découvrir un ministre des Finances bossu, sosie de Quasimodo, celui des Affaires Etrangères, filiforme mesurant dans les 2 mètres. Un mongolien dirigeait le ministère de la Paresse déjà évoqué lors de la bienvenue d'Alex et qui depuis avait changé de nom et s'appelait maintenant le ministère du Temps Libre. Ce qui revenait au même. Le ministre de l'Histoire s'était fait excuser. A l'urbanisme, le célèbre confectionneur du Paris en matière plastique et le père de la Seine bleue siégeait seul derrière son bureau. Il était le seul à être seul parmi les ministres. Ces collègues disaient de lui qu'il était insociable même pour un robot de la plus primaire des générations. Un produit chimique l'aurait défiguré lors de l'une de ses expériences, disaient les uns. Non, protestaient les autres, son épouse l'aurait brûlé aux lances flammes pour se venger de l'avoir trompé. L'architecte de la Cité Interdite arriva avec son portefeuille de la construction sous le bras. C'était un ancien cardinal ou un pasteur évangéliste. Il ne se rappelait pas lui-même. Puis, d'autres encore et encore d'autres, une douzaine de ministères, dont un de l'homosexualité et un autre de la féminité robotique... Il paraissait que ces dames d'acier n'étaient pas assez battues à leur souhait. Chaque ministère possédait un ou deux, voire trois secrétaires d'Etat, le plus important de ces sous-ministres étant celui de la laideur rattachée au ministère de l'Ignominie.

Toutes ces notoriétés étaient bien des humains, des loques humaines. Alex se prit d'une envie de vomir. Différentes odeurs de putréfaction émanaient des assistants, chacun avait la sienne.

A chaque séance, la présidence du Conseil des ministres changeait. Chacun donc, à tour de rôle, avait la faculté de s'octroyer des pouvoirs ou des titres supplémentaires, qu'un journal officiel que personne ne lisait, consignait dans ses pages Alex ne comprit pas pourquoi la proposition du poste de vice-ministre de la Biocybernétique révolutionnait l'assemblée. Certains s'y opposèrent directement, d'autres voulaient amender, d'autres encore, amender les amendements. Chacun y allant de son couplet, les débats devinrent rapidement incompréhensibles. Ils avaient complètement oublié le sujet. Des phrases grandiloquentes s'échappaient de la bouche d'un orateur, tel que "au nom de la démocratie, Monsieur le Ministre, je vous somme de vous justifier..." Non, Monsieur le Ministre, lui répondait un autre, debout devant le micro du perchoir, ce n'est pas à vous de me faire des leçons de moral...

Les politicards ! Cela rappela à Alex ce qu'il avait appris par les ordinateurs encyclopédiques de son vaisseau spatial. Les Chambres des députés ou des sénateurs des différentes républiques qui s'étaient succédées depuis 1789, avaient été un charivari incroyable, une inutilité sous forme républicaine. En fin de compte, chacun cherchait son intérêt personnel.

La journée bien remplie, dix heures de discussions, se terminèrent. Chacun se précipita sur Alex pour le féliciter de sa nouvelle promotion tout en le mettant en garde contre untel ou untel.

La fête commença comme toujours après un conseil des Ministres. Les courtisans rejoignirent leurs ministres. Les pupitres disparurent, des étoffes pourpres s'étendirent sur les murs qui reculèrent. Des projecteurs dissimulés dans les plafonds recréèrent des images virtuelles de population. Des milliers de personnes se croisaient et s'entrecroisaient, tandis qu'un ordinateur diffusait de la musique d'ambiance, CD après CD.

Dans cette foule bigarrée, Alex retrouva Kate qui venait de recevoir une autorisation spéciale de sortie de l'hôpital pour l'avènement de son ami. Elle l'entraîna immédiatement derrière un grand rideau de velours rouge. C'était sa façon à elle de fêter leurs retrouvailles. Un acte vaut mieux, parfois, qu'un long discours. Malheureusement leur tête-à-tête ne put aboutir. Les homosexuels mécaniques de Lecorre, travestis en costume de renaissance, enlevèrent le nouveau vice-ministre dans une farandole endiablée malgré les objections de ce dernier. Ils le conduisirent à leur maître masqué et déguisé en Henri III. Des marmousets, masqués eux aussi, entouraient le fauteuil roulant comme une garde rapprochée, certains lui prodiguèrent des caresses qui l'agacèrent dès l'apparition d'Alex.

- Vous m'appartenez, mon cher, corps et âme, lui dit-il, vous devrez rester à mes côtés dans toutes les cérémonies officielles. Oubliez votre diablesse de Catherine, une mécanique une odieuse mécanique femelle. Si vous faites dans l'automate, faute de femme en chairs et en os, prenez un de mes mignons. Servez-vous. Cela revient au même.

Alex n'osa pas contredire l'infirme. Il tenait entre ses mains sa vie et celle de Kate.

- Je vous dois de continuer mes explications sur l'historique de notre petite communauté, poursuivit-il. Nous ne sommes ici qu'une vingtaine d'humains sauvés par celui que nous appelons tous le Président. Qui est-il ? Personne ne le sait. Nous avons tous de profondes lacunes dans notre passée. Nous avons déjà mis tous nos souvenirs en commun pour reconstituer les oublis de nos cerveaux. Une chose est certaine, nous avons tous été des célébrités dans un monde antérieur. Personnellement, je me rappelle bien mes études, mes découvertes. Après mon premier clonage de brebis, les médias, qui avaient anticipé d'éventuelles évolutions de ma découverte, m'avaient effectivement appelé le savant fou comme vous me l'avez rappelé hier. Je travaillais alors pour un laboratoire de génétique écossais et j'enseignais à la Faculté de médecine d'Edimbourg. Ma réputation faite, bien qu'inexacte, je n'ai pu résister à la tentation de créer réellement un clone humain. J'ai procréé en deux ans un couple, fille et garçon, puis je me suis aperçu qu'il ne pourrait pas se reproduire, comme tout hybride. La troisième guerre mondiale éclata, provoquée par les tensions entre les asiatiques et la nouvelle Europe Communautaire. La terre a été rasée, je ne sais pas comment. Mon dernier souvenir est l'annonce d'un groupe de missiles nippons en direction de l'Ecosse. Contrairement à mes collaborateurs, j'ai refusé de quitter mon laboratoire pour retrouver ma famille... L'Europe entière s'était préparée à cette attaque. Tous les pays avaient créé le double de leurs propres villes en souterrain, de gigantesques coupoles antiatomiques les protégeaient. Mais je ne savais pas que les fusées transportaient du nucléaire... Ma difformité ? Cette question vous brûle les lèvres. Je le sens. Avant, j'étais normal. Puis le trou, je ne me rappelle de rien. Sans doute suis-je resté longtemps entre la vie et la mort, j'ai été maintenu en survie par des moyens spéciaux inconnus. Puis j'ai repris conscience au milieu d'autres savants qui avaient été, comme moi, plus ou moins charcutés. Seul, le cerveau de chacun d'entre nous, avait été précieusement gardé intacte. Le Président nous a expliqué qu'il nous avait sélectionnés pour notre compétence. En fait, il nous avait ramené à la vie pour reconstruire la terre et ses habitants. Depuis, nous travaillons pour lui sachant tous qu'il nous maintient en vie par des moyens artificiels...

- Vous avez au moins 120 ans, coupa Alex, puisque à l'époque de mon départ pour Saturne, je devais en avoir une dizaine et vous la soixantaine bien tassée...

- Peut-être..., reprit-il, je ne me rappelle plus de ma date de naissance. Quand je vous dis que nos cerveaux n'ont pas été touchés... Parfois j'ai l'impression que les informations mémorisées en ont été modifiées et certaines effacées car mes collègues, non plus, ne s'en souviennent pas. Je vous disais donc que nous avions commencé à travailler pour le Président en échange de notre survie. C'est donc moi qui ai commandité les recherches faites sur les humains. C'est mon ami, le ministre de la Robotique qui a conçu son premier automate appelé humanoïde, puis un second plus perfectionné jusqu'à ce que les machines puissent se construire elles-mêmes. Alors, nous nous sommes dit, pourquoi ne pas joindre nos compétences en essayant de créer un être mécanique à cerveau humain, une biocybernétique. Un zoologue avait bien créé lui, une race d'animal nouveau, à partir de neurones récupérés sur des rats. Le reste, vous le savez, vous l'avez appris à la bibliothèque de la faculté. Nous avons d'énormes déficiences dans la connaissance de la chaîne cellulaire humaine. Aidez-nous, vous serez le roi ici...

- Vous en êtes arrivé à ne plus pouvoir évoluer avec vos connaissances actuelles, à un non-retour !

- Exactement. Et nous ne savons que faire. Dès que le président s'en apercevra, nous serons condamnés.

- Qu'importe, ricana Alex, vous avez eu un bon rabiot de vie.

- Oui, mais, malgré cela, nous tenons tous à notre vie, plutôt à notre sursis journalier reconductible...à notre train-train... à nos petites fêtes...

- A vos expériences scientifiques de dégénérés...

- Ne nous condamnez pas trop rapidement, dit-il en reprenant du poil de la bête.

Autour d'eux, la mascarade continuait. Toutes les occasions donnaient lieu à des fêtes, à des réjouissances, comme s'ils craignaient tous de ne plus pouvoir en profiter le lendemain, comme si c'était, à chaque fois, l'accomplissement du dernier vœu d'un condamné à mort.

Un serviteur leur apporta de petits cubes de viandes boucanés et des verres d'un vin gris. Ils burent et mangèrent avec mondanité. Uniquement par mondanité, Lecorre ne mangeait plus depuis des années et continuait à vivre tout de même. Son mignon préféré rapporta du buffet d'autres aliments inconnus forts agréables au goût qu'il tendit à Alex avec minauderies. Comment le concepteur avait-il pu faire pour conditionner ces machines de tant d'expressions humaines ? Tant de réalisme ?

Des humains vinrent aussi faire cercle autour des "déjeuners", certainement aussi des ministres, ou des secrétaires d'état, Alex ne les reconnaissait pas encore tous. Quel âge pouvait avoir cette tête chenue à la peau parcheminée qui cachait ses infirmités sous une grande robe de moine à capuche ? Et cette pétasse qui s'était assise en face et qui faisait des effets de croisement de jambes ?

Le lendemain, Jean-Louis Lecorre réveilla Alex par l'interphone. Il devait se rendre au ministère de l'histoire pour faire son rapport sur le dernier conseil des ministres. C'était la tâche du président de séance lorsqu'un de ces collègues n'avait pas été présent. Il voulait aussi faire visiter le bâtiment à Alex et lui présenter le ministre.

C'était l'administration de la Cité Interdite qui se trouvait le plus loin du pôle central. Pour s'y rendre, les deux hommes empruntèrent un véhicule cylindrique conduit par un androïde recouvert d'une combinaison en mousse semblable à celle des plongeurs de la marine. Alors qu'Alex interrogeait le ministre des yeux, celui-ci lui répondit que le taxi devait traverser la zone de rebut.

Cette zone ou surface de détritus vivants était un vaste territoire dans lequel les apprentis sorciers du grand conseil abandonnaient le fruit de leurs expérimentations malheureuses. Les scientifiques répugnaient à tuer. Les humains qui pouvaient encore se reproduire après les essais se voyaient reconduits dans les bas quartiers de la capitale pour fournir une descendance de cobayes. Les irrécupérables, ainsi que les clones et les animaux, étaient lâchés sur ce territoire. Ainsi les lois de la nature reprenaient ses droits, les plus forts éliminant les plus faibles. Ce qui donnait bonne conscience à ces messieurs. Si cette faune hésitait à s'attaquer à l'homme, personne ne craignait l'humanoïde. Une race de lapin rat prospérait même, grâce aux déchets des fabriques de robot. Ils dévoraient à belles dents la ferraille, les fibres synthétiques et les fils électriques. Les plus vieux ayant les pattes arrières extrêmement développés, pouvaient atteindre les véhicules volants à basse altitude et s'en prendre au robot conducteur.

Le nez coulé à la vitre, les deux hommes ne se lassaient pas de regarder les monstres évolués sous eux. C'était comme un parc zoologique moderne où l'on pouvait voir évoluer les grands fauves à partir d'une allée suspendue, à l'abri de toute agressivité.

L'engin atterrit sur la surface supérieure d'une grande serre. Un trottoir roulant les prit dès la sortie de l'appareil pour les conduire à l'intérieur. En descendant, Alex s'étonna d'arriver devant le Château de Fontainebleu, dans la cour des adieux. La serre était entièrement climatisée.

- C'est le ministère de l'Histoire, rappela Lecorre, il a tellement peur que le soleil brûle son château que ce con de Laval l'a mis sous vitrine comme une vieille maquette de voilier. L'effet est contraire, le célèbre effet de serre... Il ne connaissait pas ce phénomène... Il a failli griller, lui-même, plusieurs fois. Il s'en est fallu de peu... Ce n'aurait pas été une grande perte. Un soir, on l'a retrouvé entièrement déshydraté. Depuis il s'est fait mettre la climatisation... Ce n'est même pas une climatisation, mais une sorte de réseau d'eau qui est pulvérisé dans l'atmosphère. Quand il fait très chaud, on se croirait à Macao tant l'air est humide.

Des laquais emperruqués leur ouvrirent les portes à deux battants dans un roulement de tambours de la vieille garde impériale. Ils laissèrent leurs empreintes de la main droite sur une plaque qui leur livra le passage et s'enfoncèrent dans l'obscurité. Au fur et à mesure qu'ils avançaient, des chandeliers en étain sortant des murs se déployaient de chaque côté pour se replier derrière eux. Ils progressaient ainsi dans un halo lumineux qui se mouvait avec eux. Evidemment des tentures incommensurables pourpres parsemées d'abeilles dorées, pendaient des voûtes supportées par des colonnes corinthiennes. Rien n'avait été épargné dans la précision, jusqu'à la façon de tailler la pierre. Les pièces en enfilades se succédaient, désertiques. Les portes s'ouvraient et se fermaient comme mues par des fantômes. Enfin, ils se trouvèrent dans la salle du trône. Sous le dais, dans la pénombre, quelqu'un se remuait.

- Bonjour Laval, lança Lecorre encore plus méprisant que d'habitude, ou faut-il que je t'appelasse Sire.

Evidemment, ce début de conversation contrastait dans ce décor. Par dédain, Lecorre devait rajouter du "populacier" à chaque fois qu'il venait.

- Bonjour, bonjour, lança l'ombre de son piédestal.

- Tu n'es pas venu hier, ni au conseil, ni même à ma petite fête donnée en l'honneur de notre nouvel ami...

- Tu n'as pas besoin de nouvel ami pour faire la fête... répliqua l'historien

- Eusse été du meilleur atour, si Votre majesté eût daigné nous honorer de sa présence...

- Quand on se veut spirituel, on ne fait pas de faute de français. C'est "eût été" au plus-que-parfait du subjonctif.

- Môssieu, veut donner des leçons...

Immanquablement à chaque fois, leur conversation commençait par une querelle puérile. Les deux hommes ne s'aimaient guère, pas besoin d'être grand clerc pour s'en apercevoir.

- ..., je te présente Alex Gabet, le cosmonaute...

L'interrompant :

- Le Général Buxhovden...

Lecorre se retourna étonner et demanda à Alex.

- Pourquoi, vous appelle-t-il comme cela ?

- A cause de la bataille d'Austerlitz.

Depuis quelques instants déjà Alex avait fait le rapprochement entre le ministère de l'Histoire, la reconstitution du château de Fontainebleau et l'attaque qu'il avait subie avec le Colonel et sa troupe dans l'amas de rochers. La chose, que Xavier avait vue, était là devant lui, cet homme écorché sans membre qui flottait dans un récipient et qui se voulait Napoléon.

Les rideaux du dais s'écartèrent et Duval apparut dans toute la laideur avec son cerveau apparent relié à toute une machinerie. Des servants le suivaient avec son matériel vital. Qu'attendait-on pour couper les tuyaux et les fils ? Alex eut un geste de répugnance en voyant maintenant les deux infirmes face à face, narquois, chacun dans leur petit véhicule. Comment peut-on en arriver à une telle dégradation ?

- Tu peux me prêter ton mignon que je lui montre ma table stratégique ?

Alex n'apprécia guère l'appellation de mignon pleine de sous-entendus. Il y avait des moments où il était préférable de se taire.

Il suivit la quincaillerie humaine qui se dirigeait vers une porte confondue dans le décor du mur. Elle s'ouvrit et il entra à sa suite dans une vaste pièce à l'image de Magnus et de la cité universitaire. Des ordinateurs de toutes tailles, des armoires à mémoires virtuelles, tout un fatras d'instruments les plus incongrus les uns que les autres, s'accumulaient là, chaque jour d'avantage. Tout ce que les patrouilles de police androïdes pouvaient trouver qui ressemblât à une banque de données, à un livre, à un papier, étaient amenés ici ou dans la pièce voisine qui était une immense bibliothèque.

Des bibliothécaires s'activaient jour et nuit à remettre en état des livres, des cartes, des instruments de vision pour leur en soutirer des informations. Une immense armoire informatique se nourrissait de toutes ces connaissances. Elle les triait, les classait, les analysait pour pouvoir éventuellement soit les compléter, soit les recouper avec d'autres connaissances déjà stockées. Le travail des androïdes ne suffisait pas à alimenter tant cette machine était gloutonne. Plus ils lui en donnaient, plus elle en réclamait rageusement. D'ailleurs si leur cadence lui paraissait insuffisante, elle avalait un ou deux robots qu'il fallait remplacer immédiatement. Cela venait d'un mauvais réglage, avait déclaré le ministre de l'Histoire, mais personne ne savait la régler. Elle digérait très mal les robots. Leurs transistors une fois broyés créaient des interférences sur sa carte mère. Elle grossissait ainsi trop vite. Il fallait faire intervenir personnellement le ministre du Logement pour qu'il ordonnât le "repoussement" des murs et de la verrière qui protégeait le château.

- Commençons par la table stratégique, ordonna le haut-parleur du cerveau flottant. Cela ressemble à une maquette mais ça n'en est pas une.

Un immense plateau d'une dizaine de mètres carrés s'étalait au milieu de ce fouillis. Des ampoules clignotantes scintillaient un peu partout sur une surface paysage. Un pupitre en commandait tant les mouvements des lampes et des silhouettes qui s'y déplaçaient que la topographie mouvante du sol.

Duval s'encadra derrière les commandes. Rien ne bougeait chez lui sinon les roulettes de sa machine. Tout était commandé directement par son cerveau via l'interface qui le suivait. Une dizaine de robots emplumés à la napoléonienne envahit la salle.

La table se transforma rapidement et s'immobilisa.

- Voici la vraie bataille d'Austerlitz, lança-t-il.

Des bruits de canon résonnèrent dans la pièce, suivis de galopades. La table s'anima, des soldats minuscules se déplaçaient. Des lasers provoquèrent des incendies de maisons, des trous d'obus. Le spectacle en temps réel de l'événement dura 7 heures. Alex commençait à trouver le temps long.

- Voici maintenant la nôtre de bataille d'Austerlitz, en accéléré.

Ses paroles réveillèrent l'invité.

Il reconnut les miniatures de chenillettes, suivit leurs enlisements, l'intervention du Colonel qui avait reconnu la stratégie. Il le vit tenter de tuer Duval Napoléon dans son "command car".

- La troisième phase maintenant, l'analyse de la différence entre les deux événements. Alex avait décroché mentalement. Duval continuait seul son exposé sans s'en rendre compte. Le mégalomane revivait ses exploits calqués sur l'Empereur.

La lumière réapparut, Alex sortit de son état de léthargie pour entendre les explications sur le fonctionnement de la table stratégique.

Un ordinateur reconstituait simplement la bataille à partir de banques de données. Ainsi Duval s'amusait chaque jour à rassembler des faits passés qu'il avait puisés dans la machine à documentations. Sa mémoire défaillante avait tout oublié de ses études, y compris l'histoire. Les missions que lui avait confiées le Président, consistaient à écrire l'histoire de France pour les nouvelles générations biocybernétiques. Il devait aider, par sa documentation, le ministre de l'Urbanisme à la reconstitution de Paris avant le grand cataclysme.

- Votre machine documentaire fait des erreurs, lança Alex.

L'œil du déchet humain qui pendait, tressaillit comme s'il allait foudroyer Alex du regard.

- C'est impossible répondit son synthétiseur. C'est impossible que vous croyez que c'est impossible, surenchérit Alex ironiquement. D'ailleurs, vous n'avez pas différentes sources pour corroborer nos informations. L'urbanisme, sur la foi de votre documentation a reconstitué un Paris de début du siècle avec quelques grossières erreurs sur les véhicules qui y circulent, mais surtout a implanté des gaulois dans l'île de la cité. Des gaulois, du temps de l'automobile ! Ces deux générations ont mille huit cents ans de différence. Elles ne vivaient donc pas en même temps. Vous n'êtes pas chronologique.

- Qu'est-ce qu'est la chronologie ?

- C'est la succession dans le temps des événements historiques, les uns par rapport aux autres.

L'ancien savant fut confus de sa question spontanée, elle démontrait bien qu'il avait des lacunes dans ses connaissances de base.

- C'est vrai, la chronologie, pourquoi n'y ai-je pas pensé plus tôt ? Dans l'ordre par rapport au temps... répéta-t-il dans son bocal.

Puis reprenant :

- Je pense que je vais vous souffler à ce crétin prétentieux de Lecorre. Il ne vous mérite pas. Que pensez-vous de devenir sous-ministre de la Chronologie... Historique.

- Non merci, raya Alex, je suis déjà sous-ministre... de quoi déjà ?

Prenant cette ironie pour un refus, il surenchérit :

- Alors vice-ministre ou ministre chargé, ou grand maître... du Temps. Oui, c'est ça, grand Maître du temps.

- Monsieur le Ministre, les titres ronflants ne m'intéressent pas...

Le déchet humain pivotait dans son liquide dans tous les sens, retenu par ses ligaments. Les vocalisateurs transmettaient des grognements, des bris de mots, des insultes même entrecoupées de gazouillis.

- Tu vas écrire une histoire de France ou je te ferai mettre à mort...

- Impossible, Monsieur de Ministre, j'appartiens à son Excellence Lecorre, et suis chargé de missions de fécondation par le Président, lui-même. Vous allez vous attirer des ennuis...

Ces dernières paroles le calmèrent radicalement.

- Alors, reprit-il mielleux, je te donnerai une femme, une vraie, pas une catin comme ta Kate, la mienne. Tu n'es pas homosexuel au moins ?

- Qu'en pensez-vous ?

- Si tu restes avec Lecorre, il te fera sodomiser par ses mignons. C'est un voyeur, il ne peut jouir qu'à vue...

- Une femme me disiez-vous ? La vôtre ?

- Hein ça t'intéresse une femme humaine, oui la mienne ! Je suis seul à connaître son existence. Elle vit avec moi entièrement nue. Elle me rassure, elle maintient ma libido en éveil... Elle sera à toi, si tu m'écris l'histoire de France.

- Alors, peut-être, mais faites-moi voir.

La chose s'agita de nouveau. Son réceptacle de verre se mit en marche rapidement suivi difficilement par ses servants. Alex lui emboîta le pas si l'on pouvait dire.

De nouveau, les couloirs se succédèrent aux couloirs, les trottoirs roulants aux trottoirs roulants. Ils s'enfoncèrent dans les sous-sols du Château de Fontainebleau. Au quatrième niveau, ou peut-être au cinquième, ils franchirent plusieurs portes à ouvertures digitales, pour aboutir à une immense baie vitrée. Dernière, Alex découvrit un paradis terrestre avec du soleil, des plantes qui n'existait plus, des arbres qui devaient être bien vivants, une rivière... Elle était là, insouciante dans sa chevelure blonde. Elle attendait les pieds dans l'eau. Qu'attendait-elle ? Attendait-elle ainsi depuis longtemps ?

- Voilà, ma femme, dit la chose.

Alex la regarda et sentit qu'il était en érection. Il frappa au carreau, appela.

- Elle ne peut pas vous entendre, vous êtes derrière une glace sans tain. Quand je ne suis pas sur ma table stratégique, je vis là en la regardant des heures, évoluée. Elle ignore ma présence. Je l'ai sauvée d'une fusée qui est venue s'écraser sous la terre, comme vous. Nous sommes deux maintenant à connaître le secret de son existence. Si l'un de nous deux rompait le silence, ce serait sa perdition.

    - Laissez-moi lui causer.

    - Non, mon histoire de France chronologique d'abord.

CHAPITRE XIV

Alex entreprit d'explorer l'environnement immédiat de ses appartements. Les couloirs l'impressionnaient par leur longueur, leur entrelacement, leur couleur qui changeait constamment. Convoqué quelque part, des flèches lui indiquaient systématiquement son chemin, sinon rien. Il avait la sensation de marcher sur place. Il devait y avoir quelque chose qu'il n'avait pas compris. Il déambulait déjà depuis un petit quart d'heure pour atteindre une fenêtre qu'il voyait devant lui à une dizaine de mètres. Il désirait voir où elle donnait puisque le soleil brillait dans son encadrement. Sa porte avait disparu, preuve qu'il avançait bien. Il courut. Si la distance parut se raccourcir un court instant, immédiatement le couloir s'en rallongeait d'autant.

- On cherche à fuir, lui lança une voix derrière lui.

Sans cesser de courir, il se retourna et vit un homme qui lui sourit. Il était debout, immobile. Il accéléra la foulée et constata que la distance entre eux, ne s'allongeait pas.

- Rien ne sert de courir, il faut partir à point, Continua-t-il, sauf qu'ici personne ne part.

Alex s'arrêta et lui fit face. C'était un homme entier, ni infirme, ni estropié, vêtu d'une combinaison blanche. Encore ce blanc... Il ne résista pas à l'envie de le toucher, d'abord prudemment. Sa main sentit une résistance lorsqu'il la posa sur son plexus. Il l'appuya fortement, elle ne passait pas au travers du corps. Ce n'était donc pas une image virtuelle, premier point d'acquis. Il résolut tout de même de s'en assurer en bousculant fortement l'individu d'un coup d'épaule. L'homme projeté contre le mur, tomba par terre.

- Désolé, dit-il en l'aidant à se relever, mais depuis 48 heures que je suis ici, j'en ai tellement vu...

Alex feignant de lui brosser le pantalon, palpa ses genoux.

- Oui, j'ai des rotules, poursuivant, remarquez que le dernier spécimen de la robotique a des rotules, lui aussi. La palpation ne permettra plus de distinguer les hommes des robots.

- Charron, Jean-Pierre Charron. Ingénieur en automatisme et cosmonaute, se présenta-t-il en lui tendant la main. J'étais dans la mission de réparation de la station orbitale Star IV quand les asiatiques et les européens se sont affrontés...

- Que s'est-il passé, le pressa Alex.

- Vu de l'univers, une gigantesque explosion. Les radiations alpha et bêta du nucléaire, libérées, ont réduit en quelques secondes toutes végétations. Les neutrons ont tué tout ce qui n'avait pas été détruit par l'effet thermique.

- Des ogives ?

- Oui, lancées pratiquement en même temps de part et d'autre.

- Et toi, comment t'en es-tu sorti de là-haut ?

Le tutoiement devenait obligatoire entre cosmonautes.

- N'ayant aucun moyen à bord pour changer d'orbite, tout devant se faire du sol, j'ai tourné avec mes camarades un mois. Puis, nous avons heurté une météorite qui nous a fait échapper à notre orbite. En atterrissant Jacques est mort, Sylvie et moi avons été contaminés dès notre sortie du véhicule. Des robots sont venus nous chercher. Les radiations vieillissantes n'étaient plus mortelles. Je me suis réveillé ici. J'ignore ce qu'est devenue ma compagne et depuis maintenant sept ans, je travaille pour eux...

- As-tu participé à des expériences sur les humains ?

- Non, je ne me suis occupé que des automates de surveillance qui veillaient sur les usines et tout le système de défense tactique de la cité. C'est pourquoi ; je te dis que l'évasion est impossible.

- C'est donc à toi, que je dois l'échec de l'attaque de la cité ?

- Oui, en quelques sortes...

- Et ce couloir, qu'est-ce que c'est ?

- Ce n'est pas de mon invention... Un ordinateur central contrôle tous les déplacements dans ce complexe, le débit d'air en jouant sur la grandeur des pièces etc. Il y a des endroits où tu peux aller librement, d'autres sont interdits, sauf autorisation sur demande dûment approuvée. Tu peux aller librement à la piscine, au gymnase, à la bibliothèque, à la médiathèque, à l'auditorium, aux jardins...

- Aux jardins ?

- Oui, aux jardins avec de vraies fleurs... Si tu es convoqué, ton chemin sera balisé. Sinon le couloir s'allonge indéfiniment tant que tu marches en repoussant constamment ton but. Ainsi tu n'as pas le droit à l'accès de la fenêtre qui se trouve à 10 mètres, tu marcheras pendant quinze kilomètres qu'elle te restera inaccessible.

- Drôle d'endroit ! Tu connais le Président ?

- .....

Charron s'exprimait par geste. Il lui fit comprendre qu'il pouvait être partout et nulle part, que c'était un esprit. Il venait de prononcer encore l'interrogation taboue.

- Le Président nous nourrit, nous habille, Continua-t-il hypocritement en jetant un clin d'œil à Alex, il subvient à tous nos besoins, sans lui nous serions morts...

- Salaud...

J.-P. l'invita de nouveau à se taire, par geste. Alex avait bien compris la stratégie, mais ce mot lui avait échappé.

- Si nous allions au gymnase... Ici, n'ayant que très peu d'exercices physiques au quotidien, il faut maintenir les muscles en forme, sinon c'est l'ankylose.

Tous les instruments de torture que l'on trouve dans une salle de sport, étaient là, le trapèze avec ses contrepoids, la planche hollandaise avec ses ressorts, le cheval d'arceaux...

A la médiathèque, les revues historiques de Duval rengorgeaient d'erreurs. On y trouvait des journaux politiques totalement inventés et écrits par le ministre de la Presse. D'ailleurs, personne ne les lisait, cela n'aurait servi à rien. Le poste télé destiné aux étudiants androïdes et aux humains lessivés, déblatérait à longueurs de journée.

Le ministère de la Presse était responsable aussi de la programmation mentale de tous les sujets humains ou non. Il devait transmettre par différentes voies les grandes orientations intellectuelles du Président. C'était pour cela qu'il disposait d'un studio de cinéma qui lui permettait de faire ses montages d'intoxications politiques diffusées par l'info vision dans chaque appartement. Entre les vues d'un film d'action, par exemple, il introduisait des messages subliminaux. Les cerveaux enregistraient l'information ou l'ordre, les receveurs n'en ayant pas conscience. Des réitérations pouvaient conditionner l'individu, soit à adhérer à une idée qu'il réfutait, soit à le faire accomplir un acte dans un état second. Il travaillait aussi sur les mémoires virtuelles ou programmées des androïdes nouvelles générations. Il avait eu un œil aussi sur les services d'Alex lorsqu'il était professeur à la faculté.

Les journées d'Alex devinrent vite une routine. Le matin, il faisait du sport dans une salle éternellement vide, les infirmes ne pouvant pas accéder aux appareillages. Il consacrait ses après-midis aux visionneuses encyclopédiques de la bibliothèque. Accompagné en permanence par son androïde femelle du jour qui lui passait tous ses petits plaisirs, il s'ennuyait. Que diable, il n'y a pas que ça dans la vie ! Pour lui, il ne voyait plus guère la différence entre l'élue de la journée et Kate qu'il paraissait avoir totalement oubliée.

Il avait plusieurs fois rencontré Lecorre et sa bande, à l'auditorium. Le ministre de la Science Infuse lui avait reproché son absence de visite ponctuelle chez lui, bien qu'il en ait l'autorisation de déplacement dûment accordée par l'ordinateur central. Il n'avait pas répondu non plus aux petits cadeaux que Lecorre lui avait fait parvenir, chocolats, champagne, fleurs... Alex craignait surtout qu'il se méprît sur ses réponses.

Malgré plusieurs idées d'évasions, Alex filait des jours dans l'attente quand un événement allait mettre du piment dans son train-train quotidien.

L'annonce d'un conseil des ministres extraordinaire circula, d'ailleurs tous les conseils de ministres étaient extraordinaires, sans exception. Le tour de présidence en revenait à Duval, l'historien anachronique. En cours de séance, profitant du pouvoir que lui octroyait sa présidence, il décréta l'affectation d'Alex Gabet pour son propre ministère. Le nabot s'éjecta de son fauteuil roulant, rampa jusqu'à la tuyauterie de Duval pour l'arracher. Il reçut du cerveau flottant une sérieuse décharge électrique dès le contact de sa main sur une canalisation. Immédiatement, Jean-Louis Lecorre bipa ses mignons qui attendaient dans l'antichambre. Programmés pour la défense de leur maître, ils se ruèrent sur Duval. Accueillis par plusieurs décharges de forte intensité, les androïdes pivotèrent sur leurs talons avant de s'affaler sur les pupitres. Lecorre, au sol, bavait, suffoquait. Il se tordait comme un asticot. Après plusieurs sursauts, il s'immobilisa, mort.

Le synthétiseur de Duval cria comme pour se justifier :

- La loi de la Cité interdit aux androïdes de s'attaquer aux membres du conseil des ministres...

- Alex Gabet est nommé ministre de la Science en remplacement de Jean-Louis Lecorre exécuté pour agression sur autrui, déclara le Président soudainement apparu dans un halo tremblotant et avant de disparaître de nouveau.

Dans cette assistance terrorisée, Alex sentit le sang disparaître de ses lèvres. Puis, quelqu'un cria "vive le nouveau ministre". Immédiatement l'assemblée marchant sur le cadavre, se jeta sur Alex pour le féliciter, le congratulait. Les murs se poussèrent, la population virtuelle apparût, la sono éclata. La fête recommença, place à la vie...

CHAPITRE XV

Alex s'installa confortablement dans ses nouvelles fonctions de ministre de la Science. Il ne comprenait pas exactement la finalité de ses fonctions. Cependant, il s'y complaisait, surtout les premiers jours.

Chaque matin, après la salle de gymnastique, il s'attablait à son bureau Louis XIV. Tel Louvois ou Colbert, il se frottait les mains de plaisir, se saisissait de sa plume d'oie, bien qu'il ait à sa disposition un micro-ordinateur et un humanoïde femelle comme secrétaire. Alors, il écrivait, écrivait d'interminables pages, les poudrait pour en sécher l'encre, les secouait ou soufflait dessus et les jetait dans une poubelle qui les détruisait en top secret. Ensuite un chauffeur venait le chercher pour le conduire, soit à l'inauguration de nouveaux laboratoires de recherches, soit à une assemblée de la plus haute importance dont il ne se souvenait plus. Il coupait un ruban ici, scellait une première pierre, là. Il reprenait un bain de foule de temps en temps, serrait des mains, des milliers de main qui se tendaient vers lui. Il embrassa une fois, une petite fille qui lui tendit un bouquet.

- C'est le travail d'un ministre, lui disait chaque fois son directeur de cabinet, c'est marqué dans un livre d'histoire de la Cinquième République.

Qui pouvait bien inventer ces visites en images virtuelles, différentes chaque fois. Peut-être ce fou de Duval.

Après un déjeuner copieux avec des personnalités importantes, voire très importantes, l'importance restant à déterminer, il s'accordait quelques repos en fumant un barreau de chaise importé de la Havane, ministre oblige. Il allait de soi que seuls les personnages étaient virtuels, pas les repas. Ce qui avait pour conséquence qu'il ne finissait jamais son cigare et qu'il piquait du nez avant, la sieste le prenant de cours, chaque fois.

Toujours à l'image des hommes politiques des années fin XX ° siècle, il réunissait, chaque après-midi son cabinet en séance extraordinaire. Il se devait de contredire les ordres qu'il avait donnés la veille, à la suite de visites d'organisations syndicales, associatives ou encore d'écologiques. Il ne fallait pas contrarier l'électorat, pas question non plus de revenir sur ses promesses électorales, même si elles étaient irréalisables. La seule solution restait la temporisation, c'est à dire d'avancer d'un pas et de reculer de deux pourvu que cela ne se vît pas.

Son conseiller personnel lui écrivait tous ses discours.

Son conseiller social l'abreuvait de statistiques qu'il introduisait adroitement dans ses discours ou dans la conversation avec les sommités importantes. Ses chiffres étaient inexacts. Qu'importe, personne ne pouvait les contrôler.

Sa conseillère en communication lui indiquait la couleur de ses slips à mettre dans telle ou telle circonstance, couleur devant obligatoirement être identique à ses chaussettes et à sa cravate.

Son conseiller principal, que tout le monde appelait respectueusement "Principe", coordonnait l'ensemble. Les erreurs faites par le ministre lui incombaient puisqu'il était le conseiller des conseillers. C'était l'homme fusible. L'idée avait été tirée toujours sur ce qui se faisait sous du temps de la Cinquième République, tant pour les conseillers ministériels que pour le Premier Ministre qui "sautait" afin de préserver le Président de la République. Ainsi, Alex changeait entièrement de cabinet chaque jour, les décisions de la veille étant impopulaires. Ce n'était pas une sinécure. La crise approchait, les travailleurs étaient descendus dans la rue, les grèves menaçaient les entreprises, le pouvoir capitaliste ne compensait plus la dictature communiste, la chute devenait inévitable.

Etait-ce des simulations déclenchées par le grand ordinateur, ou la vérité ? Plus personne ne se posait la question.

Ce jour-là, Alex reçut le vice-ministre de la Psychologie, attaché au ministère de la Presse, grand consommateur de psychiatres, psychanalystes, neuropsychiatres et psycho neurologues. Le Professeur Bougemat arriva dans le bureau d'Alex en patins à roulettes appelés aussi rollers. C'était son seul moyen de locomotion. Il était sans escorte bien que son statut lui en déferlât une. Authentique médecin, professeur de psychiatrie tout aussi authentique et ancien chef de service à Lariboisière il avait été un des premiers "lessivés" à titre expérimental. Pour être lessivé, il était plus blanc que blanc et sans bouillir.

Il venait consulter Alex pour son nouveau programme de conditionnement du cerveau humain au travers de l'information manipulée. Pour lui, un journaliste devrait pouvoir, à travers ses informations quotidiennes distribuées aux masses, manipuler l'opinion publique, tant pour adhérer à une idéologie, que pour conspirer contre l'ordre établi. C'était là les deux extrémités, mais entre eux, il y avait toute une échelle allant du renversement de gouvernement par fausses informations jusqu'au lynchage populaire d'un leader du parti opposé. Un journaliste devait être suffisamment fiable pour entraîner derrière ses articles des populations en arme. Ainsi, un arrêt de justice rendu par des magistrats pourrait être annulé par la vindicte plébéienne défilant dans les rues ou au contraire, un accusé blanchi par la justice, être pendu à la sortie du palais au premier réverbère venu.

Ainsi, ce brillant scientifique chargé d'une étude de faisabilité, en établissait la doctrine afin d'une application concrète après plusieurs expérimentations. Il y avait bien un lien entre les deux ministères, celui de la presse et celui de la science.

- Avez-vous eu des problèmes dans votre enfance, attaqua le Professeur Bougemat.

- Certainement, interrompit Alex, comme tout le monde...

- Non, non des problèmes relationnels ou conflictuels avec votre mère, par exemple...

- La dernière fois que je l'ai vu, j'avais 10 ans et je partais pour Saturne, mais vous n'êtes pas venu jusqu'ici pour me psychanalyser...

- Non, non n'essayez pas de fuir vos responsabilités. Vous avez tué votre mère à 10 ans. Bien, de toute façon les jeux étaient faits avant l'âge de 2 ans ... Votre genèse était déjà programmée... Ne culpabilisez pas...

- Je ne l'ai pas tuée, je suis parti...

- Si, si, ne le niez pas, vous étiez amoureux de votre père, une relation œdipienne inversée.

Vous êtes un homosexuel refoulé, comme tous les habitants de cette planète, d'ailleurs. Lorsque je ferai mon rapport mensuel sur votre moralité. Je ne manquerai pas de mentionner cette...

- Vous faites un rapport mensuel sur chacun d'entre nous ?

- Bien sûr, dans votre intérêt même, pour votre santé mentale. C'est pour votre bien, mon cher enfant. Ah ! Je sais, vous devez me prendre sur un vieux gâteux sur le retour ?

- Non, pas du tout, Professeur, cependant...

Sans avoir entendu l'interruption narquoise d'Alex, il continua sur un ton de confession :

- Libre à vous de penser ce que vous voulez, mais à votre âge, dans ma jeunesse, je vous ressemblais beaucoup. J'avais la tête près du bonnet... je ne mâchais pas mes mots... moi aussi je brûlais d'impatience devant les vieux qui avaient la prétention de m'en remontrer. Je leur disais leurs quatre vérités. Exactement comme vous... Je pourrais presque vous considérer comme mon fils.

Le Professeur faillit s'étrangler d'émotion, les larmes lui coulaient. Alex complètement déstabilisé par son air de martyr, le regardait. Reniflant, il poursuivit :

- J'aimerai tant faire sauter à chacun d'entre vous sa carapace de contradictions, faire exploser tous les tabous sexuels. Vivons libre, sans ce vernis de pseudo vertu qu'il suffit de gratter pour découvrir la bête malfaisante qui dort dans chacun d'entre nous.

Cette analyse paraissait revigorer le vieillard, ses yeux brillaient comme ceux d'un exorciseur

- Laissons éclater nos fantasmes...

Tel un démon dans un bénitier, il s'agitait, mais Alex ne l'écoutait plus déblatérer. Il pensait que des moyens artificiels devaient le tenir en vie lui aussi, compte tenu de son âge. Dans ce microcosme artificiel, chacun divaguait alors que dehors l'humanité se mourait.

Dans la Cité Interdite, tout était leurre, tromperie, flagornerie, hypocrisie. Le Président l'avait nommé à ce poste ministériel, certainement dans un but précis, il pensait donc le voir apparaître au moment où il ne s'y attendrait le moins. Cependant, son nouveau titre lui avait valu de nouveaux droits, de nouveaux privilèges et surtout de nouvelles entrées à des sites dont il ignorait jusqu'à l'existence.

Où pouvait être le grand ordinateur qui contrôlait tout, les entrées, les trois dimensions des constructions selon des habilitations attribuées à chacun, toutes les scènes de la vie quotidienne de chaque individu. Il était peut-être aussi le grand régulateur du temps.

Les jardins aussi l'intriguaient, toute cette nature, cette lumière à quarante kilomètres sous terre, aux dires de Duval. La clef de la liberté passait par la découverte de la grande machinerie. Il lui faudrait élucider tous ces mystères, c'était à ce prix qu'il pourrait échafauder un plan d'évasion. Ce monde à la fois extravagant, farfelu et cruel lui échappait totalement. Peut-être que Kate pourrait l'aider à le comprendre.

Un soleil disparaissait pour faire place aux astres nocturnes. Plus est, le ciel astronomique n'était pas le même chaque soir, il évoluait aussi en fonction des saisons. Ainsi, malgré le jour et la nuit, chacun vivait à son rythme. C'était ainsi que plusieurs fois il réveilla ses collègues en plein sommeil alors qu'il faisait jour depuis longtemps dans les jardins, d'ailleurs, tous les ministères n'avaient pas le privilège d'avoir un jardin.

Ergonomiquement prouvé que privé du repère jour nuit, un individu pouvait travailler une vingtaine heures d'affilé sans accumuler une fatigue particulière et sans même savoir s'il avait travaillé plus ou moins que la veille. Le temps jalonnait le rythme humain. Maîtriser le temps factice de ce monde artificiel reviendrait à dominer toutes vies, toutes organisations dans la Cité Interdite. Le Président devait avoir compris le principe et devait égrener les minutes selon son bon plaisir.

Bougemat s'agitait toujours dans un monologue qu'Alex n'écoutait plus. La solution était là dans ce vieillard gâteux.

- Professeur, interrompa-t-il, j'aimerai voir vos installations. Vous m'intéressez...

- Vraiment ? Et vous me sponsoriseriez ?

- Evidemment, si vos découvertes en valent la chandelle. Je veux tout voir, y compris le Grand Ordinateur...

- Chut, ordonna le savant en agitant ses deux mains vers le bas en signe de silence, la seule évocation de son nom s'il le perçoit, risque de le faire dérailler. Nous l'appelons le G.O. entre nous pour ne pas le perturber dans ses calculs et réflexions.

- Alors, allons voir G.O...

- Oui, oui, cria le vieillard en battant des mains comme un enfant émerveillé, vous allez me donner beaucoup de sous...

Il se moucha profondément, essuya ses yeux de derrière ses verres de lunettes en cul de bouteille. Alex lui emboîta le pas. Ils allèrent vers cette partie de couloirs interminables qui, quelques jours au paravent, s'allongeait au fur et à mesure que Gabet avançait parce non autorisé à poursuivre sa route. Cette fois, le vestibule infernal ne broncha pas. Ils débouchèrent sur une allée mécanique descendante. Les flèches indicatrices de chemin s'étaient allumées à la seule évocation de leur désir de voir le G.O., comme si elles avaient lu dans leurs pensées. Le vieux parlait toujours, il racontait les motivations qui avaient fait depuis qu'il était devenu un grand scientifique. Il créait par ses paroles une sorte d'ambiance musicale autour de lui, comme une télé que personne ne regarde. L'allée mécanique s'accéléra de plus en plus, ils se sentirent coller contre la rambarde, puis écraser sur leurs jambes, preuve qu'ils remontaient.

Puis des couloirs, encore des couloirs, toujours des couloirs se déversant les uns dans les autres. Les administrations du siècle précédent et Kafka n'étaient que des enfants en matière de couloirs comparés à la Cite Interdite.

Enfin, tout s'arrêta. Ils étaient à la limite de la civilisation de la Cité. Devant eux, plus de couloirs, plus de moquettes, plus de jour, rien, sinon un mur de pierre et le néant. Leurs chaussures les maintenaient en état d'apesanteur. La lumière avait disparu mais ils voyaient clair. Le Professeur Bougemat persistait dans ses élucubrations comme s'il évoluait dans son milieu naturel. Il prit le bras d'Alex, le serra fort comme on peut le faire à un vieil ami.

- Où sommes-nous exactement, interrogea Alex ?

- Au cœur même du G.O., plus précisément dans la mémoire centrale.

Alex, en humain normal, s'attendait à voir un grand ordinateur selon la technicité de la fin XX ° siècle, avec des écrans, des fils électriques, des tubes coudés, des armoires métalliques pleines de matière grise artificielle. Comme dans son laboratoire universitaire, il espérait entendre le ronronnement rassurant du ventilateur de la machine et espérait surtout manipuler octets et programmes à son profit.

- Vous plaisantez, Professeur ?

- Absolument pas, regardez.

Le vieillard se décrocha du bras d'Alex et pivota angle droit sur ses talons. Il s'arrêta devant une tenture qui venait de s'éclairer.

Voici une grappe de neurones.

Alex palpa à sa tour la chose pendante. Il eut un mouvement de répulsion. Ce qu'il avait pensé n'être qu'un morceau d'étoffe, n'était autre qu'une sorte de viscère visqueuse.

- C'est de la chair, déclara-t-il en cherchant à s'essuyer les mains sur quelque chose.

- Je crois, mais je n'en suis pas certain.

- C'est vivant ?

- Ça oui.

Alex sentit un frisson lui glacer le dos, il se retourna, regarda autour de lui, l'obscurité. S'il y avait de la lumière pensa-t-il. Alors une lueur diffuse apparut et éclaira les lieux dans lesquels ils se trouvaient. Des milliers d'oripeaux comme celle qu'ils venaient d'examiner, pendaient dans une sorte de grande caverne. Un liquide gluant suintait partout pour couler abondamment sur le sol. Alex le regardait dégouliner à ses pieds.

- C'est le liquide réfrigérant, l'informa Bougemat, les neurones travaillaient, travaillaient continuellement. Tout cela chauffe, chauffe dure, alors il faut refroidir. C'est une sorte de salive...

Pointant son index vers le plafond, il continua.

- C'est cette grosse glande, là-haut, qui secrète tout cela. Ici, sont stockées donc toutes les connaissances du G.O.

- Le grand Ordinateur est une bête vivante, déclara Alex.

Effrayé par ses paroles, le vieux rentra sa tête dans les épaules. Visiblement, il s'attendait à des représailles, elles ne vinrent pas. Il mit son doigt sur ses lèvres en signe de silence.

- Si vous voulez que je vous montre encore quelque chose, il faudra vous taire. Vous allez maintenant voir la salle optique.

Alex suivit le professeur faisant attention où il posait les pieds. Ils s'enfilèrent dans une sorte artère caoutchouteuse pour aboutir dans une sphère.

- Ici, commenta le professeur, c'est le lieu où sont créées toutes les images de la Cité, ce sont les yeux du G.O., en quelque sorte. Ces images sont analysées, numérisées puis stockées dans les neurones que vous venez de voir. Lors de leur analyse, ses images peuvent déclencher des actions dans la cité, comme, la réduction des pièces lorsque vous sortez de votre appartement, ou l'interdiction de certains accès, si vous n'êtes pas habilité...

- Ou la mort soudaine de ce pauvre Lecorre, renchérit entre ses dents, Alex.

Puis continuant à haute voix.

- Vous voulez dire que chacun d'entre nous est continuellement observé par ses sortes d'organes...

- Exactement, non seulement chacun d'entre nous, mais aussi la Cité entière et ses dépendances, la faculté, les usines de robots, les robots eux-mêmes. Parfois "ces yeux" sont relégués par des caméras comme vous avez pu le constater à la faculté alors ce sont les films qui sont analysés, puis numérisés avant leur stockage sur neurones. Rien n'échappe au G.O... Tenez penser fortement à quelqu'un de la Cité et le G.O. qui vous écoute actuellement par télépathie, vous le fera apparaître dans son activité actuelle.

Une image apparut presque instantanément. Alex vit Kate dans sa chambre d'hôpital avec les autres humanoïdes femelles qu'il avait censé avoir engrossé. Presque aussitôt l'image de la captive de Duval, le ministre de l'histoire, apparut. Elle était nue dans son jardin artificiel sous l'œil du cerveau-machine qui l'observait derrière sa vitre. Contrairement à ce que pensait Duval, le Grand Ordinateur connaissait l'existence de cette femme.

- Il est de même, poursuivit le Professeur, pour les sons qui sont aussi enregistrés dans une pièce voisine et coordonnés avec les images.

CHAPITRE XVI

Dans le confort de son grand bureau, Alex résumait mentalement ces dernières découvertes. Il répugnait à ce genre exercice spirituel, il craignait toujours l'interception de ses ondes mentales par le Président. Il avait lu, quelque part, que l'induction électromagnétique d'une cage de Faraday arrêtait les transmissions extrasensorielles. Que cela ne tienne... Après tout, il était ministre. Il décréta immédiatement un conseil des ministres extraordinaire pour désigner Jean-Pierre Charron, ingénieur en automatisme, sous-ministre de la Biocybernétique à son ancien poste. A eux deux, ils parviendront bien à construire une cage de Faraday pour pouvoir cogiter sans être écoutés. Le matériel ne manquait pas dans les stocks du ministère de la Science devenu ministère des Sciences. Aussitôt dit, aussitôt fait, ils construisirent l'objet en deux jours. Ils craignirent que le rapprochement de deux hommes ayant toutes leurs facultés, attirât les soupçons du Président. Il ferait alors l'objet d'une surveillance toute particulière, si cela n'était pas déjà fait. Il fallait savoir prendre des risques. De toute façon, ce n'était pas un humain, il y avait peu de chance qu'il pensât au complot.

Dans la cage, ils aménagèrent deux bureaux et commencèrent à travailler sur un projet d'humanoïde cyberno-humain, l'inverse de ce qu'il s'était fait jusqu'à présent. Un ordinateur se substituerait à un cerveau humain lorsque celui-ci serait devenu défaillant et permettrait la survie du corps humain. Les plans succédaient aux études et les études aux plans. Réellement, le projet n'était qu'un prétexte, la cage était devenue le moyen le plus sûr pour communiquer en toute quiétude.

Alex informa son nouveau bras droit de ses dernières trouvailles. Là encore, il se montra imprudent. Il ignorait tout de Charron. Il avait accepté son histoire de dépannage dans l'espace, au moment du grand rush, comme de l'argent comptant, mais il pouvait être un homme du Président mis là pour mieux le surveiller.

- Si j'ai bien compris, engagea Alex, le Président n'est que la représentation physique du Grand Ordinateur qui régente tout ici. D'autre part, le Grand Ordinateur n'est pas une machine à cerveau artificielle fonctionnant avec des programmes et des bases de données, mais une espèce de grosse bête enfouie près de la Cité Interdite. Faite de tissus cellulaires, elle fonctionne comme un être vivant, avec des yeux et des oreilles... Elle a certainement des sens plus développés que nous.

Jean-Pierre Charron continuait en dérivant un peu, mi- sérieux, mi- hilare :

- Elle se serait établie sur terre après les explosions nucléaires, se serait terrée craignant certainement les radiations. Par grandeur d'âme, elle aurait sauvé par-ci, par-là quelques petits humains après leur avoir fait un lavage de cerveau en règle... Et pas n'importe quels humains, que des sommités scientifiques. Elle aurait poussé ces savants à construire cette cité, à faire des recherches, toujours pour sauver l'espèce humaine en voie de disparition... Cela me parait incohérent et fou.

- Et pourtant cela semblerait le plus plausible.

Se grattant le menton, il reprit.

- Pourquoi a-t-elle fait tout cela ? Par philanthropie ? Pour sauver l'espèce humaine ? Qu'est-ce que c'est cette chose énorme, vivante, dotée de moyens télépathiques assez puissants pour écouter la pensée ?

Aucune réponse ne leur vint à l'esprit, sinon ils auraient eu la clef de l'énigme, donc celle de la destruction du Président.

- Cependant, émis Charron, l'essentiel des recherches porte sur la longévité des neurones humains, ce qui n'est qu'une étape pour aboutir à la création artificielle de ces neurones. Pourquoi un tel besoin de neurones ?

- Pour doter les robots de cerveaux humains ?

- Non, il y aurait trop de robots intelligents, le Président ne pourrait plus gérer tout ça, même avec des moyens superpuissants. Non, les neurones ne se sont ni pour l'homme, ni pour les humanoïdes...

- Pour lui, alors...

- Exactement...

- Pour quoi faire ? Ça y est, je crois que j'ai compris. Qu'est devenu le cadavre de ce salaud de Lecorre ?

- Je ne sais pas. Cette question ne m'a pas effleuré.

Les deux complices s'étaient compris sans avoir à s'exprimer.

Contrôler ses ondes cérébrales en dehors de la cage devenait une priorité absolue. La moindre pensée vagabonde surgissant de leur inconscient, les trahirait et dévoilerait au Président leur objectif puisqu'il lisait à livre ouvert dans les esprits. Ainsi, ils s'entraînèrent des heures, des jours même, à une gymnastique cérébrale, faire le vide absolu tout en vivant normalement.

Ce soir-là, sûr de lui, Alexandre-Ursule Gabet, cosmonaute, fils d'un marin de Rochefort et d'une mère sans profession, s'aventura seul dans la Cité Interdite.

Dans ces lieux, il avait tous les pouvoirs maintenant. Sa simple main posée sur une plaque lectrice lui ouvrait toutes les portes. Plus par instinct, que par connaissance des lieux, il savait s'orienter. La grande marche commença. Il devait explorer méthodiquement chaque pièce pour retrouver le cadavre de Lecorre. Il lui semblait avoir compris le fonctionnement du Grand Ordinateur, alias le Président. Marchant dans les couloirs avec un cerveau complètement vide, les flèches indicatrices de chemin, ne fonctionnaient plus. Ce qu'il cherchait ne devait pas se trouver dans les endroits qu'ils connaissaient déjà. Une seconde visite dans les viscères du G.O. ne lui donnerait rien de nouveau.

Il partit sur ce trottoir roulant qui l'avait amené une première fois à l'aéroport de scooters volants. Il s'installa dans un appareil. Immédiatement, l'humanoïde pilote se saisit des commandes et lui réclama leur destination.

- A l'endroit, le plus glacial de la Cité, ordonna-t-il.

La machine prit rapidement de l'altitude, survola le jardin des dégénérescences et le dôme de la reconstitution du château de Fontainebleau. Le pilote fit sortir ses rétrofusées. En s'allumant elles plaquèrent Alex sur son dossier, lui bloquant la respiration, tant l'accélération se fit forte. Heureusement, ce mouvement ne dura que quelques secondes, le temps peut-être de parcourir mille ou deux mille kilomètres ou trois cents mètres, finalement il n'en savait rien.

Le ciel ressemblait à une aurore boréale, le sol était recouvert d'un sable gris. L'engin descendit pour se stabiliser près d'une immense demi-sphère que l'on aurait pu prendre pour un igloo si elle ne s'était pas trouvée au milieu d'un désert. Dès l'ouverture de la porte, un froid glacial envahit l'intérieur. Alex ordonna au conducteur de descendre et s'apprêtait à en faire autant quand celui-ci tomba au sol, foudroyé. Alex sauta de l'appareil et comprit. Le sable gris n'était autre que des cristaux de glace faits d'azote solidifié. L'androïde venait de subir un refroidissement brutal de ces circuits biocybernétiques, une sorte d'hibernation foudroyante. Alex s'empara de sa combinaison isotherme et s'en revêtit. Elle serait plus utile à lui qu'à ce tas de ferraille. Il se glissa dans le dôme où régnait une température de moins 10 degrés. Il franchit plusieurs portes isolées et d'inévitables couloirs et descendit dans un tube pour enfin trouver ce qu'il cherchait. Des dizaines d'humains étaient là, congelés. Il avait eu l'idée géniale de demander simplement au robot pilote, l'endroit le plus froid de la Cité sachant que seule la glace permettait de conserver les cadavres. Il découvrait le garde-manger du monstre. Il y trouva Lecorre, un immense trou dans l'occiput, la boite crânienne vide. Comme Dracula, le vampire qui tirait son énergie du sang de ses victimes, le Président s'alimentait de neurones humains.

Toutes ses expériences, toutes ses installations, ses recherches, ses structures n'avaient pour seul but, que le ravitaillement du Président, un monstre certainement, une immonde bête. Il avait compris aussi que l'élevage de l'homme, comme celui du poulet, l'obligeait à reconstituer le milieu naturel. Puis, dans une seconde phase, il lui avait fallu chercher à développer le cerveau au détriment du corps pour une plus grande abondance de cellules cérébrales. Plus il absorbait de matière cérébrale, plus ses sens et son intelligence croissaient. A l'inverse, une diète pourrait diminuer ses facultés et son activité.

Gabet, après avoir examiné les derniers cadavres, estima qu'une dizaine de cerveaux, par jour, étaient nécessaire à sa continuité. La visite de la pièce voisine confirma son hypothèse. Là, neuf humains venaient d'être congelés et n'étaient pas encore trépanés. Il y reconnut les joueurs de belote du bistrot de Morin. Le Président en était à se nourrir de cerveaux lessivés, preuve que la denrée humaine devenait de plus en plus rare. Il fallait affamer le monstre pour avoir raison de lui. Oui, mais comment ?

Le Président avait certainement détecté la présence d'Alex dans son garde-manger et delà à déduire qu'il connaissait son secret...Une course contre la montre s'engagea. Il n'avait aucun contact avec le Colonel de La Ramière. Il se doutait bien qu'avec ses effectifs androïdes de plus en plus nombreux chaque jour, il devait mener la vie dure à l'adversaire en surface. Lui, mènerait un combat sous terre, dans la Cité Interdite. Jean-Pierre Charron et lui n'avaient pas subi de lavage de cerveau. Le Président n'avait donc aucune possibilité de les détruire à distance par simples ondes télépathiques, comme il avait opéré pour Lecorre, et bien d'autres avant lui.

Il sortit du long tube, prudemment, gravit l'échelle d'accès pour se retrouver dehors dans cette neige artificielle. Il courut jusqu'au scooter, dégagea la carapace du pilote qui s'était écroulé sur un des patins de son engin. Si un androïde avait conduit cette machine, il ne devait avoir aucun problème pour un être humain.

Alex tâtonna, tira plusieurs boutons en hasard, actionna les pédales quand un ronronnement de chat se fit entendre. Il actionna de nouveau les mêmes boutons pour voir leurs effets sur les moteurs. Le scooter se souleva, il actionna la manette qui fit faire 45 degrés aux rétrofusées et l'accélération le bloqua sur son siège. Il ralentit l'allure pour apprendre à mieux manipuler les commandes avec précision. Cet appareil avait une dextérité de déplacement rare, il pouvait s'arrêter presque immédiatement en restant suspendu et descendre centimètre par centimètre, ou virer d'un seul degré dans les quatre directions. La coupole de verre du château de Fontainebleau apparut dans un soleil qui déclinait. Encore une ou deux heures, et les étoiles artificielles de la grande voûte synthétique s'allumeront.

Alex entra sous la coupole avec son engin qui se coula à l'intérieur à quelques centimètres du sol, presque silencieusement. La machine était si petite qu'elle pouvait franchir sans encombre une porte normale grâce aussi à la dextérité nouvellement acquise de son pilote. Alex survola le grand escalier de la Cour des Adieux. Napoléon aurait-il pensé qu'une "mini fusée", aurait un jour gravi ces marches. La vieille garde androïde ne réagit pas à cette arrivée, cas de figure non prévu dans sa programmation. Un homme ne serait pas entré, mais un scooter... Alex se dirigea directement vers la salle stratégique de Duval, le cerveau flottant dans son liquide visqueux. Il était là devant sa table et ses écrans. Il livrait, en direct, bataille aux chenillettes du Colonel. Il venait d'en détruire deux. Alex arrivait à point. Dans le feu de l'action, il ne l'entendit pas arriver et s'apprêtait à ordonner l'assaut aux troupes robotiques (nouvelles générations) commandée par Morin. Des gloussements rauques s'échappaient de ses synthétiseurs. Bien que son corps fût en apesanteur constante et bougeait constamment, Alex vit qu'il bandait, résultat d'une épiphyse trop concentrée. Il se retourna avec toute la lenteur de son appareillage, vit l'engin, sans distinguer Alex aux commandes, et hurla à l'adresse de ses barbouzes mécanisées. Les humanoïdes se ruèrent sur le scooter. Un rayon destructeur passa à un centimètre de la carrosserie. Le second ne devrait pas le rater. Alex inversa ses rétrofusées de 180 degrés et accéléra. Si cette manoeuvre eut pour effet de le faire reculer brutalement, les flammes des tuyères brûlèrent ses agresseurs aux circuits si sensibles à la chaleur. Du même coup, le bocal contenant le cerveau et la loque humaine s'y rattachant, éclata dans un déferlement de liquide bouillonnant. Le cerveau de Duval venait de cuire dans son propre jus. L'amas de chair malgré tout, palpita encore quelques instants sur la moquette élastomère, puis sursauta plusieurs fois, comme pour chercher à s'accrocher à la vie, avant de s'immobiliser définitivement. Alex regretta de ne pas avoir une arme pour détruire le cerveau inerte et s'assurer ainsi de sa mort réelle. Dans la grande bibliothèque, l'augmentation soudaine de la température perturba la grande mangeuse d'information, cette machine qui enregistrait les faits historiques nouvellement découverts. Pris de panique, non seulement elle avala les uns après les autres les humanoïdes archivistes qui lui tendaient des documents, mais encore elle aspira la table stratégique du champ de la bataille qui se déroulait en surface. Dommage, Alex aurait voulu communiquer avec le Colonel. Coupées de leurs liaisons, les troupes du Président devaient être désorganisées. Alex battit en retraite, la machine d'un souffle de plus en plus puissant cherchait à attirer le scooter. Un mur tomba dont les pierres s'en allèrent rejoindre le matériel déjà englouti. Si cela continuait, pensa Alex, le château entier allait y passer.

Alex, de toute la vitesse de ses moteurs, explora les salons du château à la recherche de celle que Duval appelait sa femme. Elle devait être Sylvie, la collègue de Jean-Pierre Charron, disparue mystérieusement lors de l'atterrissage de leur fusée après le Grand Boum. Il fouilla les petits et grands appartements impériaux, la grande galerie, en vain. Le rez-de-chaussée, les écuries et les souterrains ne donnèrent pas grand chose. Il ne restait plus que le pavillon au milieu du bassin. Cette petite rotonde livrait accès à la descente à ce que Duval appelait son paradis terrestre ou son jardin secret et dont il était le seul à croire qu'il était secret. C'était Disneyland, tout avait été fabriqué en polystyrène et animé par des automatismes, de la fleur au lion qui rugissait.

Elle était là dans son attitude abattue. Alex descendit de son véhicule, s'approcha d'elle doucement, la toucha à l'épaule. Elle tourna sa tête vers lui, le regarda et retomba dans sa prostration. Droguée, elle était droguée.

Le temps pressait, Alex la transporta dans le scooter qui les évacua de toute la force de ses moteurs. La dévoreuse d'informations s'attaquait déjà au grand escalier menant au second étage. Alex eut le temps d'arracher au passage une draperie rouge à aiglons dorés pour couvrir Sylvie. Le plus gros morceau restait à faire, la destruction du Grand Ordinateur.

Le monstre avait certainement cerné les desseins d'Alex. Il n'aurait plus accès aux couloirs, sinon à les revoir s'allonger au fur et à mesure qu'il avancerait. Cette déformation ou son illusion, ne pouvait se déclencher que par le sol. En y allant en scooter volant, il échapperait à toutes déformations.

Les couloirs pourraient se détruire d'eux-mêmes, alors qu'ils étaient à l'intérieur, pensa Alex. Réflexion faite, cela paraissait impossible. Le Grand Ordinateur, alias le Président savait tout, voyait tout ce qu'il se passait dans la Cité Interdite. Cela n'était possible que grâce aux nerfs, sorte de tentacules qu'il avait introduits dans tous les lieux, par l'intermédiaire des murs de couloirs ou de conduites d'aération. Ces ligaments, dans lesquels circulaient ses influx nerveux de sensibilité ou de motricité, reliaient directement son propre organisme. Détruire un couloir pour tuer Alex, revenait à s'amputer d'un nerf.

C'était confiant qu'il s'engagea dans les galeries de son ministère des Sciences. L'appareil rasait les murs, Alex ne s'avançait que très prudemment aux intersections. Il n'était pas à l'abri d'un rayon lancé par une patrouille venue à sa recherche. Si le monstre se trouvait paralysé dans les structures de la Cité Interdite, il pouvait toujours envoyer ses androïdes pour combattre. Charron était toujours dans sa cage de Faraday, les cheveux dressés. Il identifia immédiatement la jeune femme qu'Alex avait ramenée avec lui. C'était bien son ancienne compagne de mission.

Alex et Charron étaient trop engagés, maintenant, pour revenir en arrière, ou affaiblir l'adversaire en le privant de sa manne neuronique.

Le ministère rengorgeait de produits chimiques, bombes et autres saloperies de cette espèce. Que donnerait une explosion dans un tas de gélatine ? Un essai s'imposait.

Trois jours auparavant, des fusils à rayons Z mis au point par Vincent Diaz, avaient été pris aux hommes du Colonel et transmis au ministère pour examen. Le Président, n'ayant jamais vu une telle arme, avait souhaité un descriptif de son fonctionnement et de ses possibilités. Les armes étaient maintenant à leur disposition pour leur coup d'état.

Les trois humains résolurent de rester grouper quoiqu'il arrivât, leur survie en dépendait. Ils ne savaient pas de quoi l'avenir sera fait. Ils passèrent à l'hôpital pour réactiver Kate qui attendait toujours, avec ses compagnes, le résultat des capacités viriles d'Alex. L'appareil ne pouvant contenir que trois personnes, elles se débrouilleraient seules. La mission commanditée aux "filles androïdales", consistait à créer la panique et désorganiser ainsi les humanoïdes. Pendant ce temps, les deux hommes s'attaqueraient au Président. Et en manière de foutre le bordel, Kate s'y connaissait !

La descente au saint des saints se fit sans encombre. Ils franchirent les limites de la Cité Interdite. Ils abordèrent les viscères du G.O., les fusils tendus. Soudain, un liquide gras et nauséabond se déversa, une sorte de bile. L'appareil recula, mais le fluide de plus en plus abondant, les obligea à s'enfuir. Quand ils sortirent du bâtiment, tout tremblait. Des nervures gigantesques faisaient éclater les murs en se rétractant pour se dégager des débris. Des masses caoutchouteuses reliées entre elles semblaient se regrouper. Les constructions s'écroulaient comme châteaux de sable. Certaines, de structures spéciales, résistaient, mais se trouvaient déplacer ou renverser. Le séisme touchait toute chose. L'enceinte des monstres, déchets vivants des expériences scientifiques, se lézarda. Les créatures envahirent les rues et les édifices détruisant tout sur leur passage. Alex ne pensait pas qu'ils y en avaient autant.

Du haut de son véhicule, il observait le désastre. Charron connaissait l'endroit où se trouvait l'immense tuyauterie qui ramenait à la surface, celui-là même dans lequel Alex et Kate avaient pénétré la Cité. Trop tard ! À son emplacement se trouvait un empilement de blocs de béton. La Cité était close, définitivement close. Le tremblement de terre cessa progressivement, quelques toitures dégringolaient encore.

Une masse bubonique s'extirpa des décombres, se ramassa sur elle. Des yeux flammés de chat émergeaient de ce volume opaque. Elle se propulsa vers la surface comme un poulpe qui s'enfuit. La clarté disparut immédiatement après son départ. Un long silence, un très long silence se fit, entrecoupé d'habitations qui s'écroulaient encore. L'angoisse s'empara des trois humains dans le scooter. Alex s'accrochait à son manche à balai pour maintenir l'engin en place dans l'obscurité. Puis, le dôme de la cité explosa, sans doute sous pression de la pieuvre. Des tonnes et des tonnes de roches, de terre tombèrent. Par chance, l'engin ne se trouvait pas directement en dessous, mais un bloc de minerai rebondissant l'atteignit de plein flan. Déséquilibré, il se cogna contre une falaise et descendit lentement jusqu'au sol, une palme de son rotor en moins. Les trois rescapés levèrent les yeux et virent un immense trou au-dessus d'eux par lequel ils distinguèrent le ciel, le vrai ciel, leur ciel à eux, à peut-être 40 kilomètres, là-haut. L'extra terrestre était reparti par où il était venu.

Ils restèrent implorants ce ciel, une huitaine de jour. Les premiers arrivés vers eux furent une patrouille volante d'androïdes de la nouvelle génération, le gros Morin à leur tête. Dans un semi-coma, épuisé, Alex reconnut le volume dégoulinant de sueur de son ami. Il sentit ses mains moites le saisir par la nuque, le secouer comme un vieux prunier, l'embrasser et lui gueuler de s'accrocher, sans oublier le " Nom de Dieu" de rigueur. Ils étaient sauvés.

Imprimé en France
ISBN 979-10-95245-15-5
Dépôt légal : 1e trimestre 2018